中国当代著名设计师学术丛书

三维激活平面

谢舒弋平面设计空间

吉林美术出版社

三维激活平面

序

十年前，我作为中国国际广告公司的高级顾问，与时任该公司设计部总经理的谢舒七开始交往；十年后的今天，谢舒七的平面设计作品集摆在案头，让我很是欣慰。

谢舒七是一个善于思考的设计师，所以在多年的商业设计实践中，形成了自己独特的设计理念和实战方法。

作品揭秘实战方法

这是一本平面设计作品集，是谢舒七十年来主要平面设计作品的汇集。

然而这又不是普通意义上的作品集。通过一幅幅平面设计作品，谢舒七在CI、广告、年报、样宣等设计领域，展现了他独特的平面设计方法、见解、实战经验及效果。

这里聚焦于平面设计作品背后思维的重要性

谢舒七构筑了自己的三维激活平面的设计方法。他认为创意是思维方法的结晶，而设计的技巧——构成、组合、关联、字体、色彩等，要靠创意来激活而使其富有生命和活力。他独特、简练和形象的设计方法把思维推进到平面设计的核心。

方法，解决问题之道

谢舒飞的三维创意设计方法造就了他自己的神话：

第二次 CI 设计，就获得全国广告奖 CI 类第一；

第一次参加全国性广告设计评比就满载而归；

在年报设计招标中与高手过招，捷报频传

……

方法，永远没有定式

有成功也会有失败。但谢舒飞的三维创意设计方法表明，思维的活力会让你在竞争中捷足先登。当你在创意设计的海浪中苦苦挣扎，担心初出茅庐难尝胜利果实时，却惊喜地发现自己已处在领航者的位置了！

聚焦思维，享受创意

余秉楠
清华大学美术学院教授
国际平面设计协会（AGI）会员
国际平面设计社团协会（Icograda）副主席

平面设计是二维的，创意的方法却可以是三维的，这是我屡屡试不爽的三维创意方法。

第一维：设计的内容

一般包括客户指定要传达的信息、有标志、图像、文字等原始素材，还有与此相关的传播目的、受众和方式等基本问题。

这一维是各设计项目之间不同的根本出发点。对第一维进行认真的研究、归纳和提炼，是必不可少的过程。

第二维：设计的形式

主要指设计的技巧层面（构成、字体、组合、关联、网格、色彩、材料等）产生的观感；人们看到的是这一维，通常也认为

这是设计要解决的问题。这一维确实极其重要，但这并不是平面设计的全部，甚至还未涉及到设计的核心。

三维
创意方法

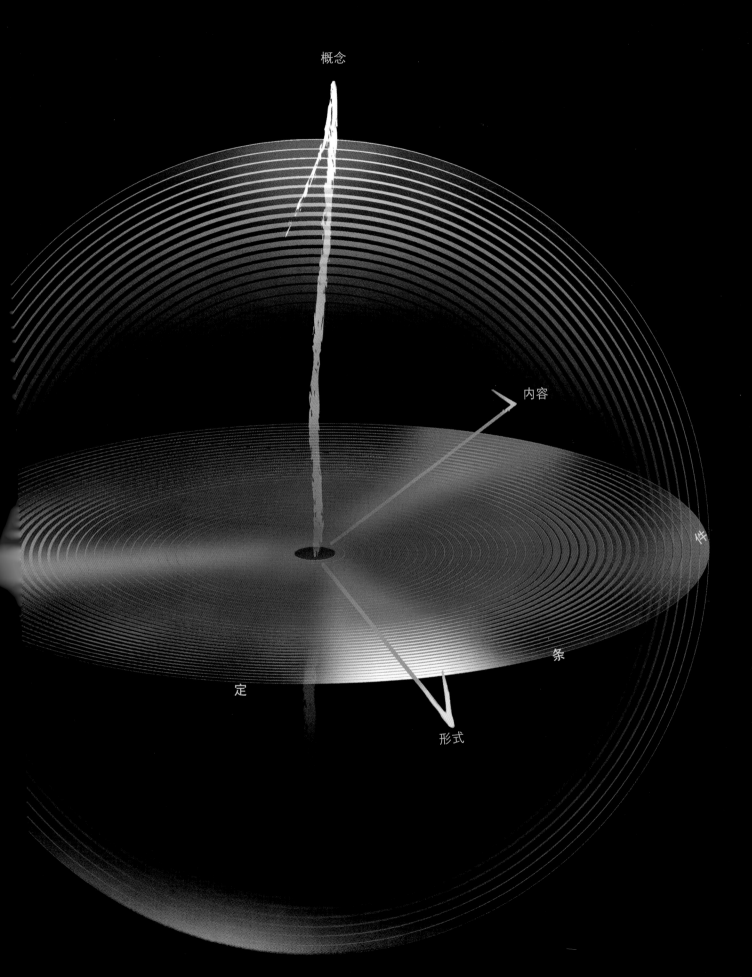

概念

内容

件

条

定

形式

第三维：设计的概念

这是平面设计作品背后的中心和灵魂，即通过创意性思维得到的概念或定义等。平面设计不同于绘画，所用的元素甚至构成方式都可以是现成的，从这个意义上讲，"抄袭"是平面设计师的基本技能。但由于有新的概念，导致全新的组合，才会出现不同凡响的设计作品。没有创意性概念支持的设计，很难真正有新意和冲击力，杰出的设计通常都有与众不同的概念在做强力支持。

限定条件圈

周围的圆圈表示限定条件：客户的要求和口味，传播受众的喜好以及预算等等，这是商业设计与纯艺术的本质区别。戴着镣铐跳舞——这是商业设计必须遵循的原则。

我的方法

首先寻求第三维突破，创造新概念——新概念是创新设计的灵魂，概念新，人们会被你的"点子"所折服；

然后扩展到第二维，力求形式有所创新，这样才能把概念的新颖变为视觉感官上的震撼；

最后延展到第一维——内容细节的创新，使之更趋完美，并符合设计项目的基本需求，成为实用而美观的精品。

经验之谈

第一，虽然概念、形式和内容相互交融，但一定要力求首先进行第三维突破，否则你也许最多只能成为一个能工巧匠。"大师"和"工匠"的巨大差别并不在技巧上。

第二，只能突破限定条件，不能打碎。突破叫创新，创意，打碎镣铐就没有客户肯付钱给你了。

三维创意方法便于把设计思路和设计方法理清，能够从更高的层面把握设计过程和设计结果。也许你不是一个天才，但正确的方法可能使你迅速成为令人仰慕的杰出设计师。

目　　录

序　2

三维创意方法　4

CI 设计空间：从圆心张驰　8

凝炼圆心，把握真谛　10

人格化描述，激活创意　20

全力放大圆心，万变不离其宗　28

广告设计空间：十归一 一顶百　36

问题再多，只对买点　38

以一顶百，威力更大　42

越远越有震憾力，越近越有说服力　48

一点更难　58

年报设计空间：三 T 营造亮点　60

第一"T"：THEME —主题　62

第二"T"：THRUST —凸显　68

第三"T"：TIME —时间　74

客户是大师　78

样宣及其他设计空间：没有相同只有独特　80

为别人"造"个"孩子"　82

尝试运用不同的语言、词汇　92

激动自己，才能赢得客户　98

创意的敌人也是自己　108

从　　　　　　圆　　　　心　　　　　　　　张

CI

设 计 空 间

驰

凝炼圆心，把握真谛

——这里的圆心，实际就是三维创意方法中的第三维——概念，在CI设计时称为CI总概念。CI设计系统的展开，是以CI总概念为核心的。因此，明确和恰当地表现圆心——CI总概念，是CI设计的关键。

▲ 经典案例揭秘

从作品的表面有时很难看到其成功的秘诀。盲目地模仿并不能掌握其真谛，真正的秘密通常蕴藏在设计创意的过程中。
经典案例，诠释过程，揭示秘诀。

中国光大银行CI

时间：1995年设计，1998年修改，2001年调整
客户：中国光大银行
奖项：全国广告大奖CI类第一名
原始问题：因集团标志有改动，银行识别系统需作相应调整与设计
新圆心：国际化、专家级

1、一定不要停留在原始问题上

确定圆心首要先要找准需解决的问题，客户提出的原始问题往往并不是设计真正要解决的问题。

1995年我给光大银行设计的CI，曾获得全国第四届广告大奖CI类第一名，全国闻名的太阳神名列第三。到1998年时，该行在投资主体光大集团要对原标志略作变动的情况下，让我对原CI进行微调。但我知道，这几年国内许多银行都相继导入了CI，光大银行的形象已不再领先了。而当年没有解决的问题，如标准字只能用红色或金色（虽然设计的是黑色，但客户认为不吉利；当该行改为由海外会计机构编制会计报表之后，突然发现红字是"赤字"——亏损！红字又成为不好的了），标准字只能用毛笔字体等……肯定有更好的解决方案，光大银行应当借此机会再次飞跃，重新成为领航者！

1995年第一次设计 ＞

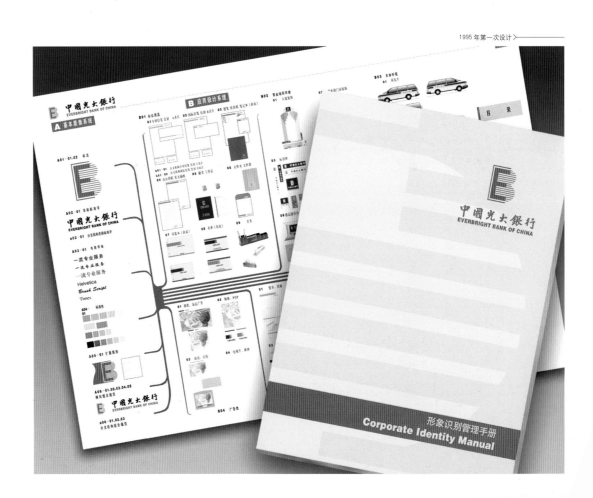

1998年重新定位设计·2001年补充修改〉————————

2、新视角才能通向杰出设计

我把原始问题转向新的视角：超越过去，追求最好。

我决心用新的设计说服客户，重新定位，重新设计，使光大银行再次处于领先地位。

为此，我准备了一个20分钟的演示《但求最好》以说服客户。如果当时没有新视角，就不会有今天的设计成果。

《但求最好》演示〉————————

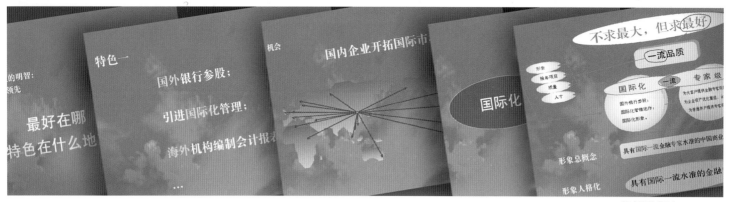

3、挖掘新圆心 — 凝炼概念

为什么说"挖掘"？因为恰当、独特的圆心并不好找，经常需要挖地三尺！

形象概念挖掘：

我首先将光大银行与其他银行进行了区隔，发现光大银行在"国际化"方面很有特点，比如，是国内第一家由国外银行参股的商业银行，为此该行引进了国际化管理，并特请海外会计机构编制会计报表。我把圆心（CI总概念）的重点定在"国际化"，这在大陆商业银行中是第一家。

《但求最好》演示 >

4、立足圆心，全力进行形式突破

    首先面临的难点是标志。该行CI设计的原始问题是因为集团标志有微小改动，因此光大银行的标志必须与光大集团标志一致。如果标志变了，再好的设计客户也不会采用，因为打碎了镣铐！而标志不变，形象能有质的飞跃吗？

    中国的银行标志有两大主流，一是英文字母标，二是铜钱标。光大原标志是EB合一的英文字母标，如何在标志不变的前提下突破两大主流？

    开始一小步：

    为了体现"国际化"，第一次的设计方案大胆以英文名称为主，中文名称为辅。客户觉得有新意，同意我为所有行长做一次方案演示。

第一次设计方案 ▷

《但求最好》演示 ▷

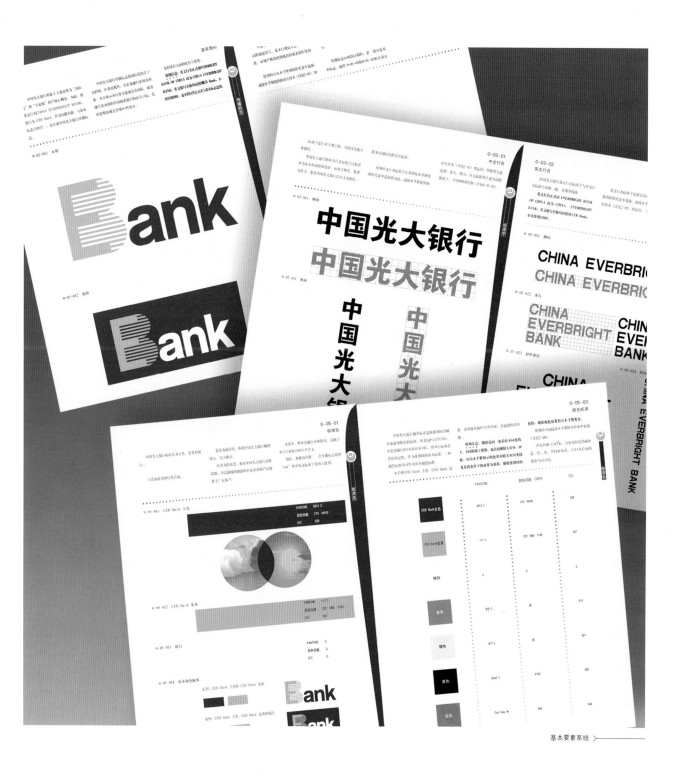

有没有更好的?

　　一天, 一个灵感突然在脑海中闪现: 可否直接借用银行的英文单词 "Bank", 将EB字母标变成EB Bank? 太妙了!
原标志EB没有变, 保持了与光大集团的统一, 却一下将光大银行提升到银行的首位 (还有比银行 "Bank" 作为光大银
行代名词更高的地位吗?), 成为中国第一个用英文单词做标志的银行, 形象自然非常 "国际化"。

　　《但求最好》的演示一次通过, 行长们都说好。

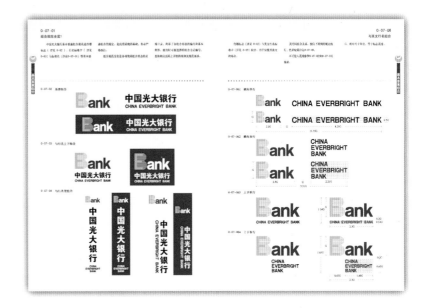

字体：

立足"国际化"圆心，将原来的毛笔字改为西式等线体美术字。

色彩：

突破中国各银行标准色集中在红蓝两色的重围，使用很"洋"的紫色和黄色，又成为中国商业银行中的唯一。

几乎每一个新上任的行长都奇怪为什么用紫色，有的甚至反对使用。但过了一段时间，发现效果奇佳，"紫色风暴"成了光大银行的色彩风潮。

"紫色是所有颜色中最高级的颜色。"

"紫气东来嘛。"

行长们高兴地赞誉道。

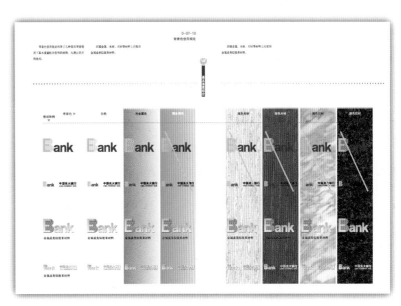

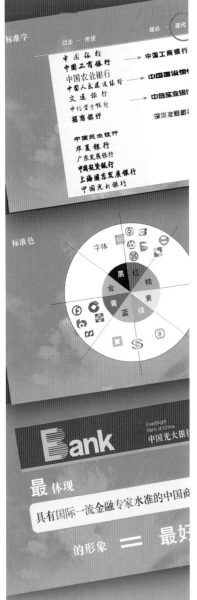

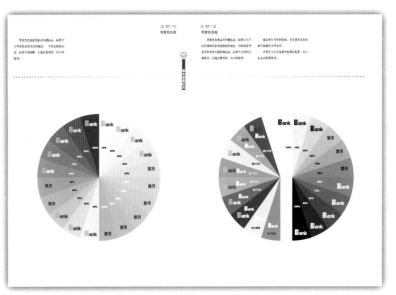

事务用品 ▷

服务项目设计 ▷

内容突破：

特别增加各种便民服务项目设计，在国内银行 CI 手册中第一次大量出现。

24 小时自助银行识别标志设计：

成为第一个与银行标志有明显血缘关系的自助银行识别标志设计。

联威洗衣 CI

时间：1996 年
客户：北京联汇丰公司
奖项：中国广告金箭奖 CI 类铜奖
辅助：吕骥（标志）
原始问题：为策划中的洗衣连锁公司设计新形象
新圆心：洗亮神州

"4C" 经营理念：干净 (Clean)、便利 (Convenient)、高效 (Cost-Efficient)、体贴 (Care)，塑造了现代洗衣先生的企业形象。

LINKERWAY

原标志 ▷

基本要素系统 ▷

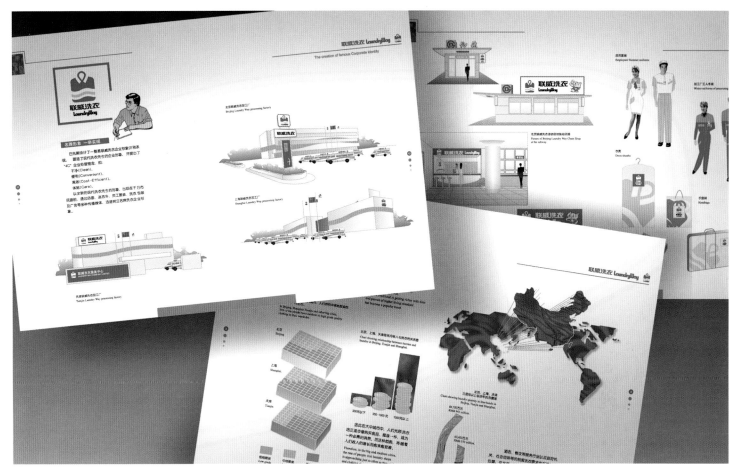

应用系统 >

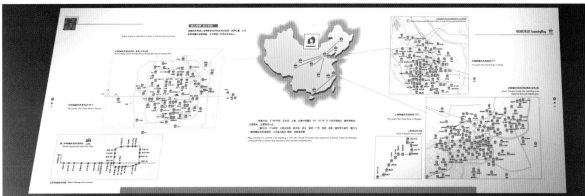

设计的表现是通过点、线、面、色彩甚至质感去影响受众，是感性的；而概念则是理性的，即使是最富有创意的新概念。要使概念变成活生生的富有激情的创意，拟人化地描述概念，是我在CI设计中由总概念转化为设计表现的重要手段。

CI是企业形象设计，而形象应当是活生生的，像人一样有个性，有生命。

华夏银行CI

时间：1997年至1999年
客户：华夏银行
辅助：朱维理（标准字）
原始问题：设计新标志，导入CI
新圆心："现代"、"文化"

1、把企业形象拟人化

仔细看看各银行的标志及识别系统，观察其企业特征，可以形象地描述出他们各自不同的人格特征。那么，华夏银行应该有什么样的形象特征，才能与其他银行不同，又有自身明显优点，而且更能提升形象，便于识别？

原标志 ▶

投标方案 ▶

方案说明演示 ▶

2、"人"与"人"相比，个性差异更明显

华夏银行开始是由首钢投资，原标志中很自然地加上了齿轮和钱币。现在一经拟人化——外围一圈齿轮，中间五个相联的钱币——好像是头戴安全帽，手中却拿了副算盘，一副工人阶级搞金融的样子，难怪有人戏称其为"×贯伍"。不比不知道，一比吓一跳，原来的企业形象是太落伍了。

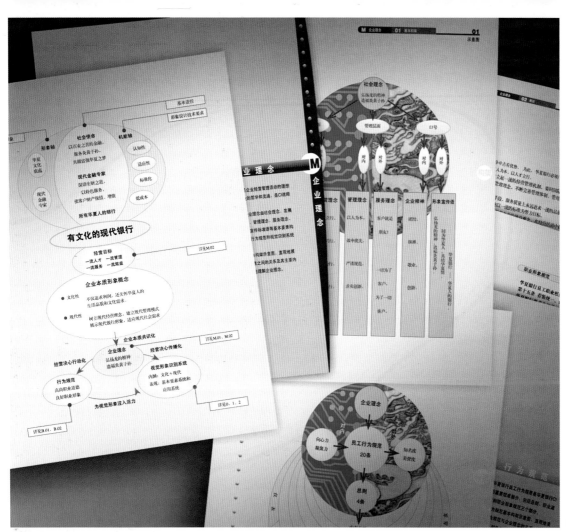

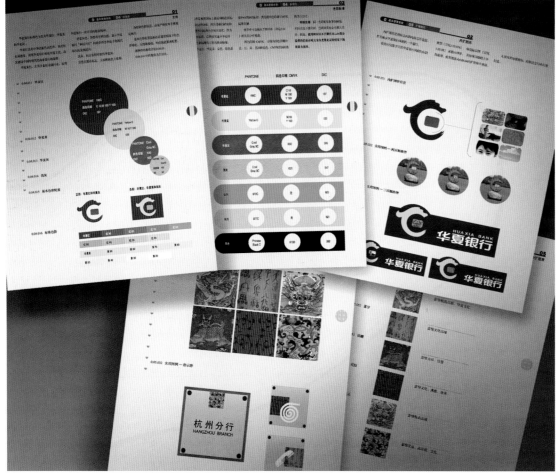

基本要素系统

基本要素系统 >

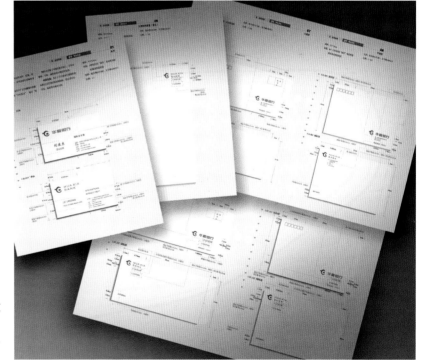

3、新人格导致新标志

　　我把 CI 总概念定为"现代、文化"。那么把抽象的"现代、文化"概念想像成一个人，该是什么样？

　　龙的传人，集传统文化和现代意识于一身，加之现代的银行卡，一个新的标志设计构思跃然纸上。

事务用品 >

4、对"人"的评价自然会有不同

说好的多：新标志将"现代"、"文化"有机结合，受到客户的好评，在社会上也造成一定的影响力，很多地方都能醒目地看到。

也有讥讽的：银行有的员工联想力极丰富，说："我们灰心（"灰"指标志中象征科技的灰色的银行卡，"心"指靠近标志的中心位置）不丧气"。其实这还不算太过讥讽的，有的银行标志设计得挺不错，竟被联想到三只手（小偷）。

应用系统 ＞

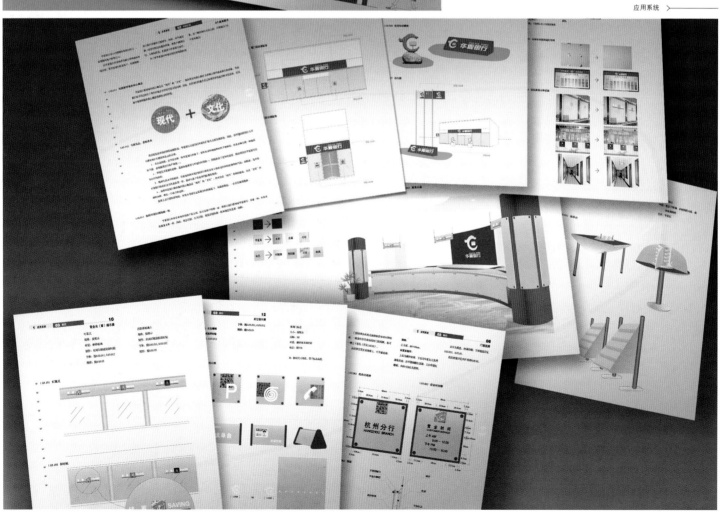

北京液化 CI

时间：1997 年
客户：北京市液化石油气公司
原始问题：以新形象进入市场竞争
新圆心：心暖京城

CI 总概念：

京城现代生活好助手

人格化：

中年男子，有官方背景，但不自傲，诚实、守信、热心，随时伸出援助之手。

标志：

火苗、液化气、热心暗含"中"字，公共事业、国家（政府）背景。

口号：

心系万家，情暖京城。

 原标志 ➤

CI 总概念 ➤

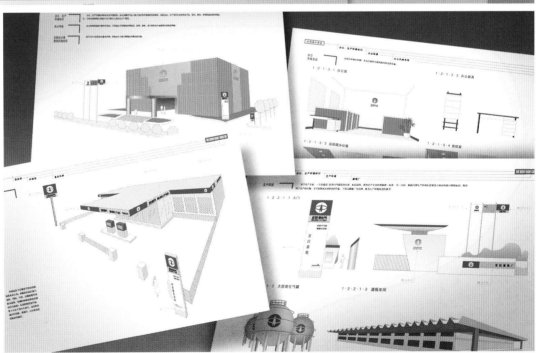

CI是一个系统，一般设计师容易出的问题有两种：一种是设计的变化太多，失去了整套方案的系统性；另一种是简单地重复、拷贝、没有根据不同应用项目的特点进行再设计，从而无法在丰富中保持统一。

因此设计中要细心地保持圆心不变，保持整个识别系统的完整性。

中国包装CI

时间：2001年
客户：中国包装总公司
原始问题：原标志有多个单位使用，企业战略转型需要新形象
新圆心：行业龙头、国际化、知识型

新圆心：

该公司由原来的以行业管理为主，战略转型为以高端服务为主，以优质产业为支撑的行业旗舰企业。为此，将新圆心定为行业龙头，国际化水准，知识型企业。

名称整合：

中国包装总公司凝缩为传播名称"中国包装"，体现行业龙头。

然后说服客户把英文名 China National Packaging Corporation 整合为"包装中国"——"Pack China"，缩写为"PACHN"。

原标志 ▶   策划演示 ▶

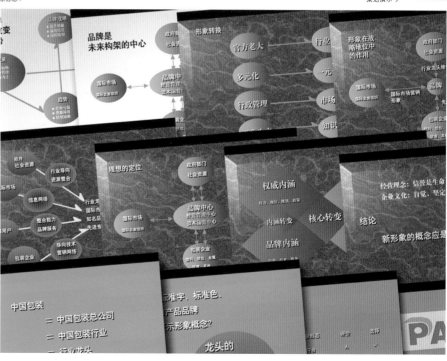

设计:

这时,完全站在新圆心上开始设计:以PACHN为基本元素,将首字母"P"与中文的"包"字巧妙合一,充分体现"中国包装"的国际化发展趋势和其作为中国新型包装大企业的核心特征。

圆心放大:

全系统共有几十个企业,有的规模还很大。在CI设计推广时,将其分为两类,一类为服务型企业,原则上与新圆心一致;一类为生产型企业,企业形象与新圆心统一,而其各种产品,则可相对保持其品牌的个性特征。

瑞龙油脂 CI

时间：1996 年
客户：瑞龙油脂
原始问题：以新品牌打开油脂市场
新圆心：行业龙头

应用系统 >

北京华讯 VI

时间：1996 年
客户：北京华讯集团
辅助：李页岩（标志）
原始问题：适应二次创业需求
新圆心：聚集智、人、力、财

原标志 >

VI 树 >

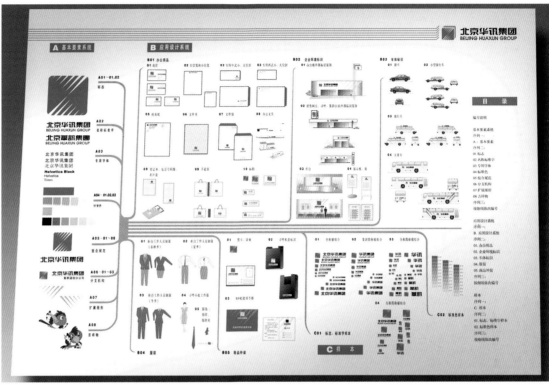

应用系统 >

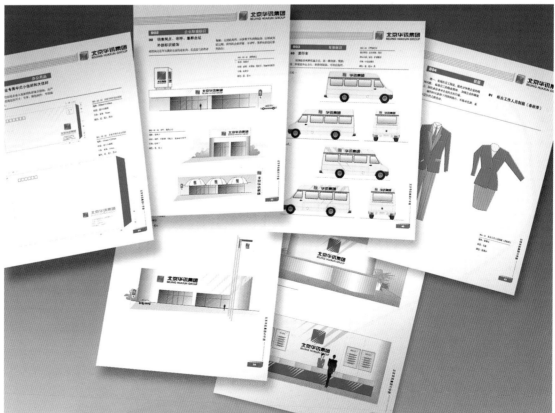

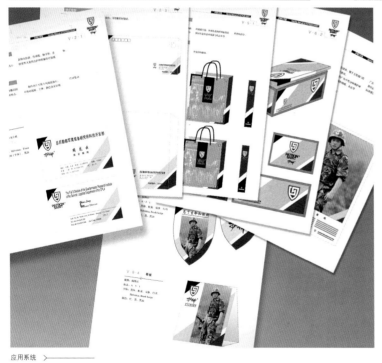

护神 CI

时间：1997 年
客户：总后军需装备研究所
原始问题：树立护神品牌形象
新圆心：生命与胜利

捷达国际运输 VI

时间：1998 年
客户：捷达国际运输公司
原始问题：设计新标志
新圆心：现代运输

由 "CET" 组成运输的车轮，三角形像升起的飞机，整个标形犹如航船，意喻陆空海全面运作。

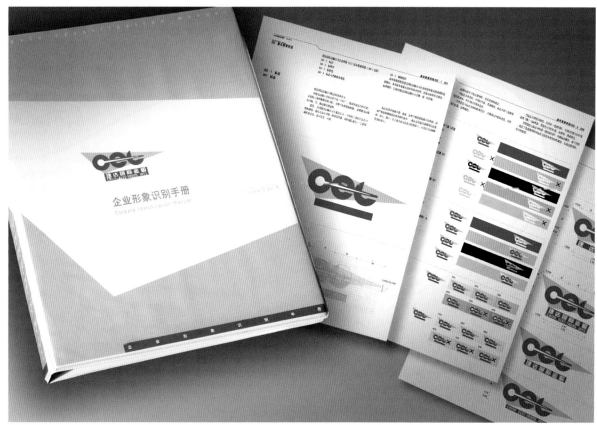

基本要素系统 >

应用系统 >

丹侬太空棉 VI

时间：1993 年
客户：北京丹侬太空棉联合企业公司衬衫事业部
辅助：杨海华（标志）
原始问题：设计新标志，推销太空棉衬衫
新圆心：新时尚

唐山啤酒 V I

时间：1993 年
客户：唐山啤酒厂
原始问题：整合企业、产品品牌
新圆心：大唐盛事

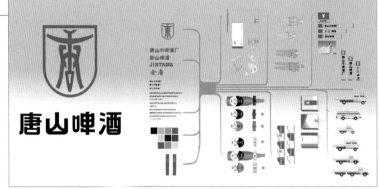

星星电器 V I

时间：1996 年
客户：浙江星星电器工业公司
辅助：杨慧华（吉祥物）
原始问题：企业形象系统化
新圆心：现代、规范

e-trans VI

时间：2002 年
客户：上海易恒精密设备运输公司
原始问题：新企业，新标志
新圆心：电子时代的运输

宽带视频等业务品牌 VI

时间：2003 年
客户：中国网通集团
原始问题：推出多种子品牌
新圆心：系列化

港澳国际（集团） 1996 年 >————

武汉超越 1996 年 >————

中国人民大学 1996 年 >————

捷桥运输 1998 年 >————

赛昂咨询 1999 年 >————

冰火写意 2000 年 >————

红米饭 2001 年 >————

北京正通 2002 年 >————

汤王 2003 年 >————

广告

设计空间

广告设计开始前，常常会有一大堆问题困扰你：市场调查分析、产品优缺点分析、竞争对手分析、消费者行为分析……这就是所谓"十"，问题很多。

有效的广告设计方法是：首先十归一，然后一项目！

问题再多，也要归纳为一个卖点，形成创意设计基本策略的支撑点。然后，在此点上发起放射性的头脑思维风暴，捕捉一个最佳创意点，割掉其余，使其能量产生"核裂变"，设计的广告效果就会以一项目！

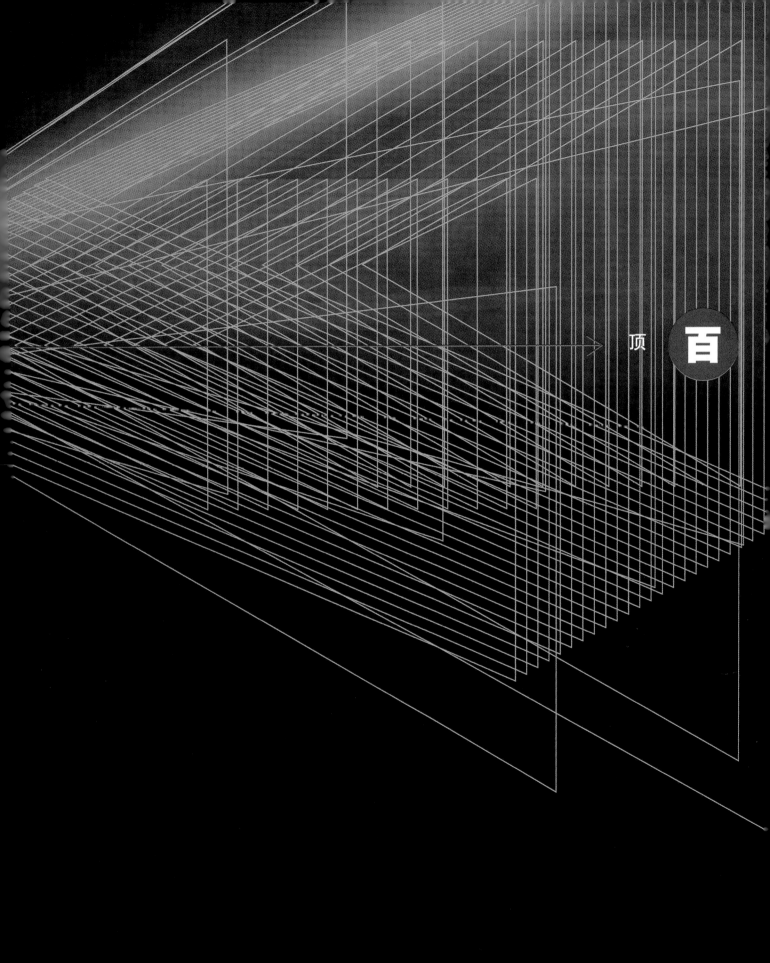

顶 百

问题再多，只对买点

"归一"，就是只找出一个买点（从企业销售产品的角度，通常叫做卖点）。就是说，消费者凭什么购买这种产品，而不选择其他品牌？通常的办法是分析广告宣传对象的优点、竞争对手的弱点、消费者的利益点，三点归一，形成核心销售概念，即核心销售概念USP，即核心销售概念。广告设计必须考虑市场、洞悉消费心理，有利于销售或品牌形象推广。这是广告设计与其他平面设计区别最大的地方。

▲ 经典案例揭秘

新 e 代网上银行

时间：2003 年
客户：北京市商业银行
原始问题：推广网上银行 2.0 版
新买点：新一代当然更好

1、找到要解决的问题，离买点就不远了

许多设计师不愿意考虑什么买点、概念、策略之类的问题，但设计广告，这是不能回避的基本问题。当然一般情况下，策略报告会提供相关分析，不过只有你在这方面把握能力比较强，你才不仅可以当个设计师，还能胜任创意总监了。

网上银行几乎每家银行都有，而且产品同质化，技术手段都差不多。而该行由于规模较小，起步偏晚，实力只能用平房与高楼大厦相比较。但后起者也有优势，就是可以上来就采用最新技术，软件、硬件改造也来得快。可是很难找到一个强有力的特点来说服用户不去选择那些强势对手而选择该行，但同时讲几个优点，则通常会宣传效果平平。用什么方式既产生强大优势感，又不用讲很多优点呢？

2、确定策略，通向买点

广告策略是通过理性分析，推导、归纳、提炼出说服消费者的理由。

那么针对该行新推出的 V2.0 版，能不能用分级策略，将其提升到比所有竞争品牌更高的一个级别等级上？

"新一代网上银行"，看起来没什么特别的，可是这样一来，不言而喻地将挑战对手都贬为过时的"上一代"产品。而消费者也不用去比较种种优劣，只面对一个简单的问题：要新的，还是要旧的？策略的力量顿时凸显出来。

3、感性领悟，也应通向买点

其实我们搞视觉的人，很容易一开始就想到表现的方式，这也是通向买点的渠道。这里的基础是经验、感悟和体验消费心理。因为消费者在看广告时，就是通过这种方式被广告内所含的买点所触动。

灵感再次涌现。产品品牌名称就叫"新 e 代"，"e"与"一"同音，又很符合网上银行特征，而且很符号化。

相关设计一涌而出。

客户的眼睛亮了！

捷达轿车系列

时间：1994 年
客户：一汽－大众汽车有限公司
文案：关峰
原始问题：性能更好，很少人认同
新买点：欧洲人都认同

　　那时捷达车刚进入中国不久，整体性能优越，但单项指标都不如竞争品牌，销售情况不好。

　　但在原产地欧洲，人们早已将竞争品牌抛弃，捷达车卖得十分火爆，原因在于捷达车更适于以小型家庭轿车为主的成熟的欧洲市场，对商务轿车占绝对主力的中国"水土不服"。

　　采用理性引导，利用商务消费群体信服舶来品的心理，确定了"欧洲人都认同"的买点，撬开了捷达车在中国逐步走向辉煌的大门。

无事你帮人　有事人帮你

献一片　为了大家的未来…

人民保险，爱的纽带。

中国人民保险公司
THE PEOPLE'S INSURANCE COMPANY OF CHINA

温馨的家　离不开平安的感觉

花一点　为了家庭的未来…

中国人民保险公司
THE PEOPLE'S INSURANCE COMPANY OF CHINA

保险系列广告设计

时间：1993年
客户：中国保险公司
辅助：杜宁远（文案）
原始问题：介绍保险产品
新买点：现在的付出换来未来的安心
　　　　（心篇、钱篇、锁篇、想篇、看篇）

古信长命锁　今靠有保险

挂一把　为了宝宝的未来…

独生子女保险，为宝宝的健康成长多一分保障。

中国人民保险公司
THE PEOPLE'S INSURANCE COMPANY OF CHINA

一日三香　不如一次保险

烧一柱　为了自己的未来…

中国人民保险公司
THE PEOPLE'S INSURANCE COMPANY OF CHINA

得意时一分投入　失意时十分回报

退一步　为了事业的未来…

中国人民保险公司
THE PEOPLE'S INSURANCE COMPANY OF CHINA

以一顶百，威力更大

当然可以用系列广告的方式从多个侧面表现一个买点。一个广告只能采用一种。无论苦思冥想出多少种创意表现方式，买点只能有一个，但创意表现可以有无数种。

少就是多。说多了等于没说。没有一根针扎得深。一百根针捆在一起，设计、表现、文案，只尽力展现一点。

买点应该是一根锋利的针，强烈刺激目标消费者的购买欲望，效果自会明显。

▲ **经典案例揭秘**

圆明园别墅

时间：1993 年
客户：北京圆明园房地产开发有限公司
原始问题：宣传销售
新买点：深厚的历史和文化内涵

1、要敢于倒下

　　大多数房地产广告都在鼓吹优越的地理位置、巨大的升值潜力、杰出的设计设施、超值的高档品质等等，差不多的诉求太多，就像路边竖立的电线杆，没人注意。但有一根倒下来，却会引起许多人关注。"不一样"就会吸引人们的眼球。但堂堂正正地立着，却要倒下，倒真需要些勇气。所以创作广告时，力图与前人相似的观念，就像一条无形的锁链，束缚你的勇气和创造力。因为无论是广告主心中的"理想"、消费者的"喜好"，还是你借鉴的"源泉"，都源自前人楷模。换言之，都是那些直立的电线杆。本广告创意时另辟蹊径，只抓住圆明园深厚的历史和文化内涵这一点。昔日的圆明园被西方人誉为"万园之园"，集我国三千年园林艺术之大成，融东西方建筑艺术精华于一体，被英法联军火烧之后，成为华夏昌盛与衰败的象征。凡圆明园的购买者，肯定认同这一点。

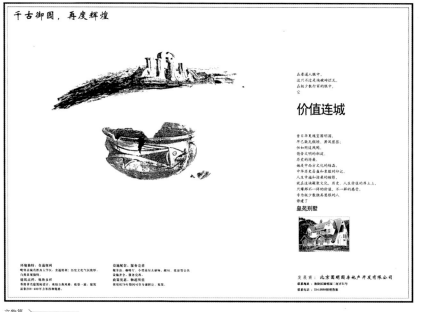

千古御园，再度辉煌

百余年前，就在这块地方，曾有座被西方人誉为"万园之园"的 圆明园……

她的建筑灿烂辉煌，集我国三千年园林艺术之大成，使享誉欧洲的法国凡尔赛宫、驰名世界的英王别墅温莎堡都不免相形失色。难怪当时人们说：吊腊有帕特农神殿，埃及有金字塔，罗马有斗兽场，东方有圆明园。

今天，还在这块地方，将有座高级花园别墅称为 圆明园别墅……

她由香港著名建筑师精心设计，欧陆古典风格，与圆明园自然风光和中国经典古园林溶为一体；
毗邻京城名胜及大学区，历史文化气氛浓厚，气候温和，空气清新，空气中负离子度较市内多办倍；
别墅由香港著名管理集团管理，设有超级市场、邮局、医院、儿童乐园、网球场、市内型游泳池、会员制管理、音乐沙龙、世界先进综合保安系统24小时服务；
房主可在这里再度品味圆明园的辉煌。

联系地址：海淀区圆明园二河开21号　　　发展商：**北京圆明园房地产开发有限公司**　　　联系电话：254.6660转销售部

百年篇

2、正说、反说都试一试

正说：

一是从正面切入，将百年前的辉煌与当今所建之高档别墅联结起来，跨过百年耻辱，可谓"百年一遇"。

反说：

把圆明园比作残破的文物——在普通人眼中是破砖烂瓦，在认同者的眼中是华夏昌盛和衰败的印记，是人生成功和沧桑的缩影，价值无限。我将圆明园的断垣与古陶文物构成人的眼睛，创作了"价值连城"的广告。

3、"围观"的结果

广告主对两个创意都很兴奋，先登了正面切入的广告。第一次见报，就售出了10%，买主竟是日本人！后来又有越南人买。细想也不错，因为这些地方都受到华夏文化深刻的影响。广告主原来准备投入一千万元，结果只花去几十万元的广告费，别墅就售完了——"电线杆"真的倒了！广告主大喜过望。自己作为广告人则悲喜交加：喜的是广告效果奇佳，悲的是广告做得太少。

富成花园别墅广告

时间：1993 年
客户：北京鸿达房地产有限公司
辅助：杜宁远（文案）
原始问题：开盘在即
新买点：森林别墅

购置别墅秘诀----地理环境篇

告诉您一个秘密

蒙蒙城区，如果　有一角绿林
喧嚣都会，如果　有一片清宁
纷繁拥挤的世界，如果　有一步之遥的桃源

京城首座森林别墅

绿色怀抱，山野风光
安宁、清新，尽显自然情趣
位居城区，交通便捷
劝您比较之后再选择
富成森林别墅

发展商：北京鸿达房地产有限公司
北京建国门外大街1号国贸大厦2808-09室　电话：5054656　5052288-2808　传真：5054656　邮编：100004

妈妈更娇丽　宝宝添神气

十月怀胎，一朝分娩。小生命呱呱坠地了。

初为人母，从未有过的自豪与欣慰荡漾心头。

爱情、家庭、幸福，已然应有尽有。

天天充足营养，宝宝健康成长，不知不觉中却挤入了胖人的行列。

常言说母亲是最美丽的，但想象中年轻的妈妈真不应该这么胖。

　　产后体态恢复令许多年轻妈妈为之苦恼。更娇丽减肥茶荣获国际卫生组织认证，被中国保护消费者基金会推荐为'95消费者信得过产品。本品采用天然草本植物经过科学的十二道工序加工制成。它可抑制胆固醇吸收，加速脂肪在肝内氧化，令脂肪及胆固醇易于排出，预防妇女产后、食避孕药物期间，绝经后及病后恢复期间而引起的发胖。本品不加药物，安全可靠，畅销东南亚二十多年。不用节食，不用忌口。是年轻妈妈产后体态恢复之首选。保证年轻妈妈营养与体力，喂养健康宝宝。

香港更娇丽国际有限公司
经销商：北京国卫咨询公司　　咨询电话：3040690
国际卫生组织证书号：DR-XY15660　　京卫食宣字(95)年0450号

减肥芳茗　娇丽可人

更娇丽系列

时间：1996 年
客户：香港更娇丽国际有限公司
辅助：陈光朝（文案）
原始问题：推销减肥产品
新买点：娇丽人见人爱

一时苗条　不如一生娇丽

对大多数人来说，都有过减肥的经历。

复胖因人而异，减肥过程却大同小异。

有毅力的人痛下决心，某然一次苗条，让大家羡慕不已。

可是一不留神会再次与胖者为伍。

一时苗条容易，一生娇丽太难。

　　更娇丽减肥茶荣获国际卫生组织认证，被中国保护消费者基金会推荐为'95消费者信得过产品，本品采用天然草本植物经过科学的十二道工序加工制成。它可抑制胆固醇吸收，加速脂肪在肝内氧化，令脂肪及胆固醇易于排出，预防妇女产后、服食避孕药物期间、绝经后及病后恢复期间而引起的发胖。本品不加药物，安全可靠，畅销东南亚二十多年。香茗一杯，如释重负，留住苗条身材，更添娇丽风姿。

香港利源来国际有限公司
经销商：北京国卫咨询公司　　咨询电话：3040690
国际卫生组织证书号：DR-XY15660　　京卫食宣字(95)年0450号

减肥芳茗　娇丽可人

不娇气　更娇丽

几乎每个女人都想永保淑女窈窕，风姿绰约。

为了保持苗条身材，留住青春光彩，

她们不惜节食、忌口，抵御美味诱惑，饮食苛刻限制，挑三拣四。

即使如此娇气，

还有不少女性壮大看胖人的队伍。

　　更娇丽减肥茶荣获国际卫生组织认证，被中国保护消费者基金会推荐为'95消费者信得过产品。本品采用天然草本植物经过科学的十二道工序加工制成。它可抑制胆固醇吸收，加速脂肪在肝内氧化，令脂肪及胆固醇易于排出，从而实现减肥，不属节食，毋须忌口。香茗一杯，如释重负，留住苗条身材，更添娇丽风姿。本品不加药物，安全可靠，畅销东南亚二十多年。

香港更娇丽国际有限公司
经销商：北京国卫咨询公司　　咨询电话：3040690
国际卫生组织证书号：DR-XY15660　　京卫食宣字(95)年0450号

减肥芳茗　娇丽可人

轻松大写意　当然更娇丽

留恋工作，为什么不把那份紧张抹去？

享受生活，为什么不能与那份沉重隔离？

刻守诺言，为什么总难得随意？

一个不经意的发现，也许就在今天……

找回轻盈体态，抹去沉重记忆，与信心作长约：

让柔情跃上心头，让生活充满惬意，让青春洋溢活力，让生机勃发生机。

　　更娇丽减肥茶荣获国际卫生组织认证，被中国保护消费者基金会推荐为'95消费者信得过产品。本品采用天然草本植物经过科学的十二道工序加工制成。它可抑制胆固醇吸收，加速脂肪在肝内氧化，令脂肪及胆固醇易于排出，从而实现减肥，不属节食，毋须忌口。香茗一杯，如释重负，留住苗条身材，更添娇丽风姿……十多年，倍受东方女性青睐。

香港更娇丽国际有限公司
经销商：北京国卫咨询公司　　咨询电话：3040690
国际卫生组织证书号：DR-XY15660　　京卫食宣字(95)年0450号

减肥芳茗　娇丽可人

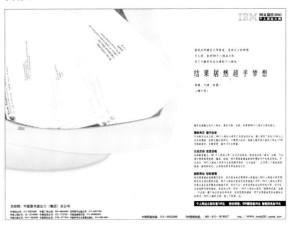

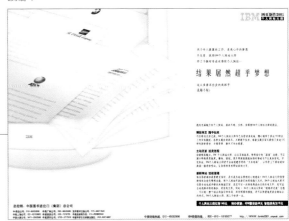

IBM

时间：2000 年
客户：IBM 中国公司
原始问题：推广网上设计软件
新买点：结果超乎梦想

求偶篇 ▷

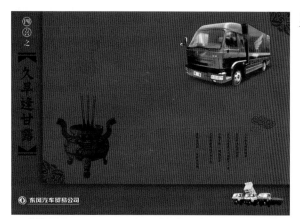

东风汽车系列

时间：2002 年
客户：东风汽车公司
奖项：东风汽车平面广告大奖赛铜奖（四喜篇）
辅助：王恒（四喜篇系列原创），陈光朝（文案）
原始问题：广告大赛
新买点：乡村用户喜闻乐见

文物篇 ▷

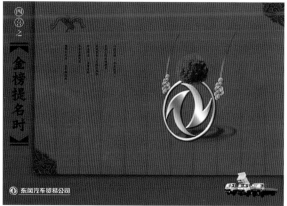

气象篇 >————

对比篇 >————

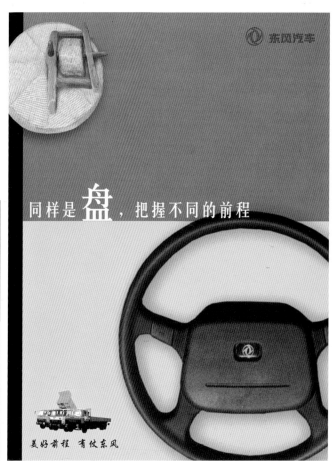

越远越有震憾力，越近越有说服力

创意表现时，通常采用"头脑风暴"的方式。首先要敢于找一些不着边际的元素来表现，通常来讲，新元素与买点越远，越不相干，可能会产生更大的冲击力和意外效果；然后要解决这二者间的必然联系——只有贴近买点，才会有说服力。

▲ 经典案例揭秘

IPC 万智能系列

时间：1996年
客户：IPC中国公司
奖项：中国广告金箭奖1997年报纸广告金奖
原始问题：多功能家用电脑
新买点：解决家中难题

1、画张网状图

从买点到创意点，有一个再创造的过程。可谓远在天边，近在眼前。我通常的方式是将与买点有关的元素分类列出，从中心向四面八方扩散开来，不怕多，不怕"八棍子打不着"。站在"电脑解决家中难题"这个买点上，直接的，找与电脑相关的元素；远点儿的，找与家庭生活相关的元素。元素可以是物、人、景、情，想得越多越好。

爸爸篇 ▷

妈妈篇 ▷

2、在比较中选择看起来远而实际上近的元素

爸爸的困扰是办公忙，妈妈的烦恼是家务事多，孩子的不快是学习与玩儿的矛盾，然后将有代表性的服装和用品组成一种视觉连结，全新画面出现了！

3、千方百计，自圆其说

列出的元素有时看起来很有想象力，但在与买点连结时，有时从技术上很难实现，有时从说服力上显得过于勉强，这时就要果断放弃。只要你敢想、会想，好的创意是没有止境的。

设计师常出现的问题是自己一旦有个好的想法，就深陷其中，不能自拔。把别人当作消费者，听听他们的意见，会使你自己更加清醒。

眼睛篇 ▷

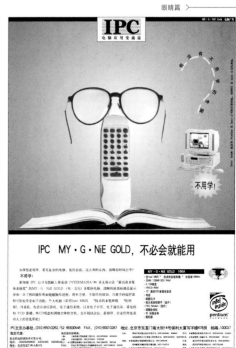

IPC 奔腾微机系列

时间：1996 年
客户：IPC 中国公司
奖项：中国广告金箭奖 1997 年报纸广告银奖
辅助：杨海华
原始问题：新产品销售
新买点：高速新印象

滑雪篇 ▷

赛跑篇 ➝

赛车篇 ▷

神奇篇 ▷

海军篇 ▷

康谱因特网安全产品广告

时间：1998 年
客户：康谱电脑公司
原始问题：网络产品不普及
新买点：新利益

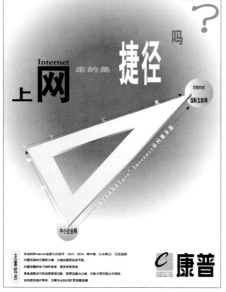

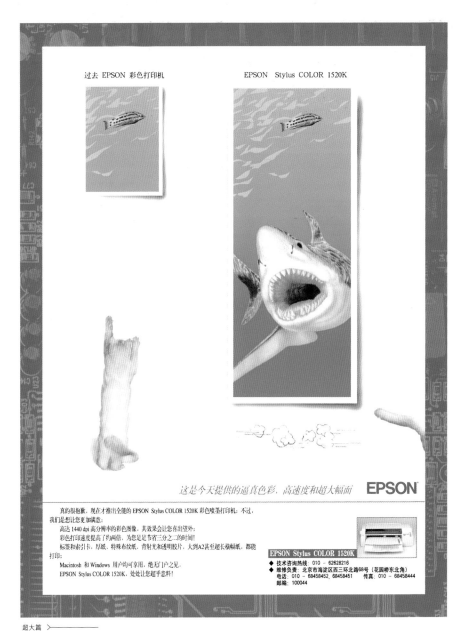

过去 EPSON 彩色打印机　　　　　　EPSON Stylus COLOR 1520K

这是今天提供的逼真色彩，高速度和超大幅面

EPSON

真的很抱歉，现在才推出全能的 EPSON Stylus COLOR 1520K 彩色喷墨打印机；不过，
我们还是想让您更加满意。

高达 1440 dpi 高分辨率的彩色图像，其效果会让您喜出望外；
彩色打印速度提高了约两倍，为您足足省了三分之二的时间！
标签和索引卡、厚纸、特殊布纹纸、背射光和透明胶片，大到A2其至超长横幅纸，都能打印；
Macintosh 和 Windows 用户均可享用，绝无门户之见。
EPSON Stylus COLOR 1520K，处处让您超手意料！

◆ 技术咨询热线：010 - 62628216
◆ 维修负责：北京市海淀区西三环北路68号（花园桥东北角）
电话：010 - 68458452, 68458451　　传真：010 - 68458444
邮编：100044

EPSON Stylus COLOR 1520K

超大篇 ▷

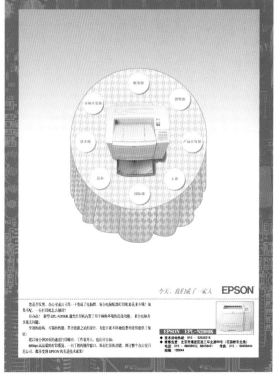

秉承 "精工" 卓越技术，确保 2 亿次高速打印

EPSON

EPSON LQ-1600KⅢ
◆ 技术咨询热线：010 - 62628216
◆ 维修负责：北京市海淀区西三环北路68号（花园桥东北角）
电话：010 - 68458452, 68458451　　传真：010 - 68458444
邮编：100044

精工篇 ▷

今天，我们成了一家人

EPSON

绝是另类型，办公室或公司第一个变成『电脑群』每台电脑配部打印机要多多少钱！如果大型，一台打印机怎么办呢！
右办法！新型 EPL-N2000K 激光打印机内置了用于网络环境的连接功能，多台电脑共享是无问题：

EPSON EPL-N2000K
◆ 技术咨询热线：010 - 62628216
◆ 维修负责：北京市海淀区西三环北路68号（花园桥东北角）
电话：010 - 68458452, 68458451　　传真：010 - 68458444
邮编：100044

餐桌篇 ▷

Epson 打印机系列

时间：1996 年
客户：Epson 中国公司
奖项：中国广告金箭奖 1997 年报纸广告铜奖
原始问题：产品推广
新买点：三种产品，三大特色

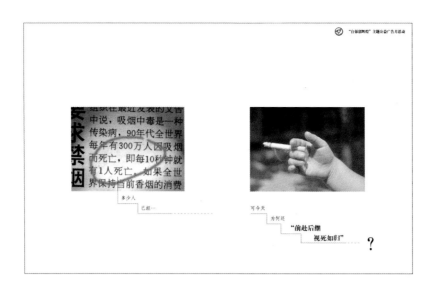

公益广告

时间：1997 年

奖项：1997 年北京公益广告铜奖

中国光大银行路牌广告系列

时间：2000 年
客户：中国光大银行
原始问题：企业形象及重点产品推广
新买点：紫色风景

阳光篇

纸鹤篇

手指篇

绿宝

时间：1996 年
客户：北京绿宝油脂公司
辅助：杨慧华（漫画）
原始问题：年度广告推广
新买点：老鼠最爱偷的油（鼠年）

江畔高尔夫路牌广告

时间：2002 年
客户：江畔高尔夫公司
原始问题：吸引上海消费群
新买点：接近距离

金杯汽车系列

时间：1994 年
客户：沈阳金杯汽车公司
辅助：陈光朝（策划）
原始问题：广告推广
新买点：轿车感觉;多用途

—顶仁篇 >

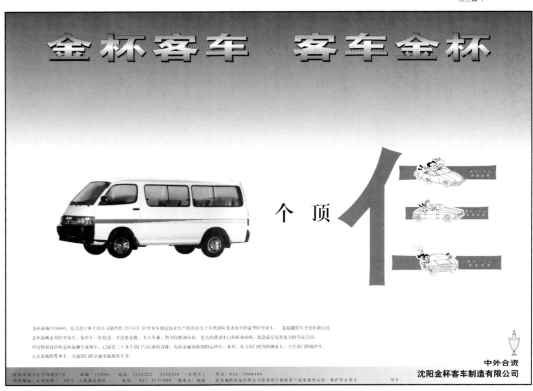

轿车篇 >

精力胶囊

时间：2001 年
客户：奥泰健康
辅助：陈光朝（文案）
原始问题：推广新开发男用保健品
新买点：日常提神用品

1、你认为非常有效的买点，客户不一定认同

精力胶囊是面向男性的保健品。调查发现，最需要此产品的是40岁左右的男士，但他们宁可用药，也不愿意使用保健品。看起来很有市场的产品陷入了困境。我策划的买点转向优势更明显、使用量更大的提神用品，客户很吃惊，又觉得很有道理，犹豫再三。

一点更难

一根针虽然扎得深，但不如多根针捆在一起放得稳，所以效果明显，但风险较大。有时客户一但否定了已定的买点，也许所有的广告创意设计就都没用了。

 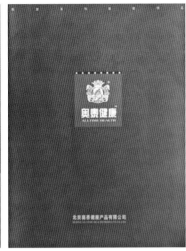  

2、多数客户愿意采取不冒险的作法

开始客户同意了，但广告设计进行到一半，客户又全盘推翻，愿意采取看起来保险得多的"名人效应"策略，继续打保健品市场，我前面的策划、设计都被否定了。

3、共同吞下苦果

我设计了一些可能不中用的广告，客户则按自己的想法投放了大量的广告。

结果，半年后这个品牌死掉了，设计费也有一部分泡汤了。

攀达康

时间：2001 年
客户：美国华盛集团北京办事处
原始问题：可提升"好"胆固醇
新买点：越过生命"坎"

面对的消费群也是购买习惯"惰性"十足的中年男性，创意的广告针对其心灵的痛处。但广告商还是采用了通常的功能解读广告表现方式。效果自然可想而知。

 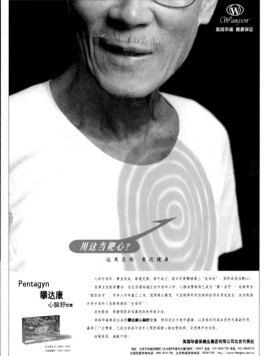

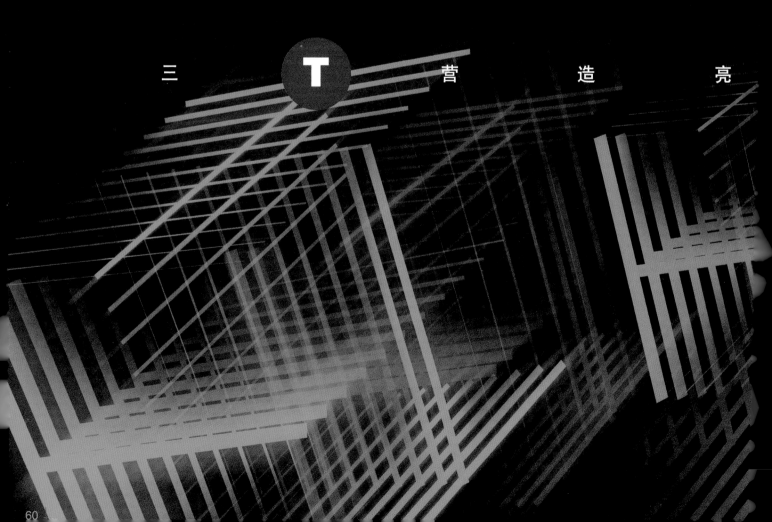

三　　　**T**　　　营　造　亮

年报
设计空间

点

一提起年报，首先让人想到枯燥无味而冗长的会计报表。其实，年报是企业品牌的旗帜和名片，是企业一年一度向股东、客户展示企业风貌的最有效工具之一。

不过据统计，读者阅读年报的平均时间只有三分钟！所以，年报设计面临的挑战是——在枯燥中创造视觉亮点，三分钟内抓住读者。

我用"三 T"方式（THEME 主题、THRUST 凸显、TIME 时间及流程控制）闪亮应对。

主题就是三维创意方法中的第三指向 —— 概念，只是设计领域的不同，称谓有区别。

年报能够传达企业（机构）定位的形象，甚至成为销售工具。设计（摄影、插图）应当讲述一个故事，一个主题，从而展现统一而鲜明的形象，使读者更容易理解相关内容。

在美国，八十年代年报有主题的约占60%，九十年代这一比例飙升至90%，其中15%是由董事长亲自开发确定年报主题，并由五方面的人组成的团队 —— 总裁、设计公司、公关代表、财务主管 —— 来实施。

当你想用年报向股东、投资人等表达明确的意图：新形象、广告或市场顾问、重大或独特的经营策略、突出的业绩……明确主题是年报设计不可或缺的有效方式。

▲ 经典案例揭秘

中国银行2001年报

> 时间：2002年
> 辅助：吕骥（封面原创）

1、主题可能使设计超乎期待

没有主题的设计，一是范围较窄，如风格上的中式、西式；二是缺乏深度，只有点线面及色彩差别。

在第一轮投标中，客户没有明确主题。中国银行的特点是外汇业务极强，对中国用户她很"西"，对海外用户她很"中"——"融贯中西"成为基本的主题选择，然后设计了"象棋篇"、"需求篇"、"融贯篇"三个方案。

客户看了很高兴，说："没想到还能这样设计！"

顺利通过了第一轮。

这时，中国银行筹备在纽约股市上市，那里的惯例是将企业近三年的年报封面铺开展示。怎样才能表现第一家在美国上市的中国银行的形象呢？

"牡丹、脸谱……"客户明确了第二轮主题设计方向。

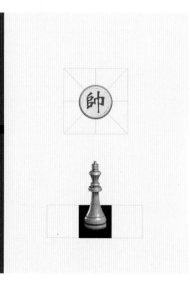

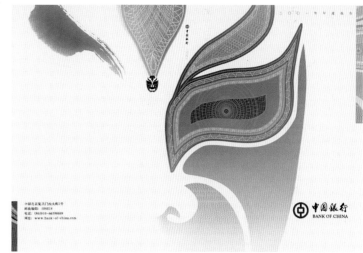

2、非常规设计手法更能凸显效果

　　大量使用图片、炫耀电脑技巧的手法已缺少新意。如何做到凸显？

　　采用已被很多设计师抛弃的绘画技法！中国的绘画，融入西洋味儿十足的电脑技巧，不是很"融贯中西"吗？

　　方案一：国花 ——牡丹，中国工笔画牡丹图案和图纹，融入了电脑制作的纸币图纹，整体色彩典雅大方，一个中国现代大型金融企业的形象跃然而出。中式的内页页码和边条设计，各色牡丹点缀的主标题，更强化了主题形象。

　　方案二：国粹 —— 京剧脸谱，一半大写意的京剧脸谱，一半电脑制作的纸币图纹，中西对比强烈。

　　方案三：国建 —— 故宫，用电脑将白描的故宫与写真的图片融为一体。

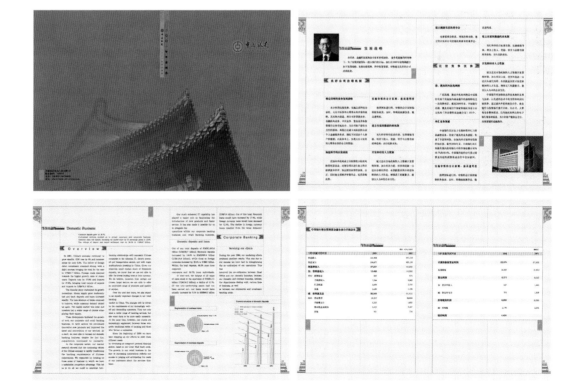

3、努力挖沟 引水入渠

如果你想靠设计水准闯天下，那就要埋头挖专业的水渠，创造好作品。

不过好作品也有被埋没的时候。俗话说"穿衣戴帽各有所好"，何况客户往往是一个群体，意外经常会发生。好的作品虽然不能保证都被客户采纳，但要相信金子总会发光！

——"就是她！"中国银行高层领导最后敲定牡丹方案。

发光了一个，还是埋没了其他。

继续努力挖沟吧，期待下一股水的到来……

Market Risk

Interest rate risk

Renminbi interest rate risk

Foreign currency interest rate risk

Exchange rate risk

---

5. Investments

Item	31 December, 2001	31 December, 2000

6. Accounts receivable

7. Bills discounted and trade finance (short-term receivables)

5. Loans and overdrafts

(1) Currency structure of the loans

(2) Maturity of the loans

(3) Sector structure of the loans

9. Provisions

北京市商业银行 1999 年年报

时间：2000 年

辅助：杜光（摄影）

主题 Theme：迅速发展

该行以连续几年的快速发展迎接新世纪。

凸显 Thrust：

封面、领导照片、主题插页都突出了速度感。

时间 Time：

按计划完成。

中国光大银行 2002 年年报

时间：2003 年
辅助：李伟（摄影）

主题 Theme：精品银行

凸显 Thrust：

用钻石图案形象地展现精品概念。

时间 Time：

在"非典"肆虐的京都，按计划完成。

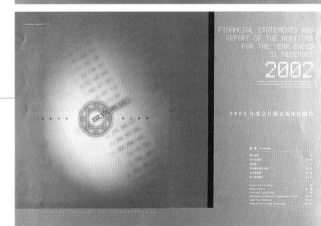

第二 "T"：THRUST—凸显

凸显就是三维创意方法中的第二维指向：设计的形式。

要在三分钟内抓住读者，你必须调整各报的各种元素以形成抓住要害的一击，凸显主题，否则可能是在花钱制作废纸。

手段很多：凝炼生动的标题能更直接地表达意图；展现主题的独特视觉传达比单纯数字要有效；整体而鲜明的色彩更能拨动人的心弦；纸张是纸张体现档次；插图在表达主题概念方面有独到的作用；图表的尺寸也越来越大；大企业年报的尺寸也越来越大；独特的装订方式有时能让人过目不忘；明确清晰的提要能帮助人抓住要点，详实的财务信息披露已成为可信年报必不可少的条件……各种方式综合运用，强化一个主题，效果自然不一般。

中国光大银行1997年年报

时间：1998 年
辅助：杜光（摄影）

1、没有主题，就要主动创造主题

那时，客户对做年报毫无主题概念。为了使年报不仅美观，设计后的形式与内容都更加贴近客户的需求，我主动帮助客户开发年报设计主题。

根据该行自身核心竞争力的特点，开发出"特别为大客户服务"的主题，力图使年报成为银行开发大客户的有效工具之一。

客户表示同意，问题是如何表现呢？

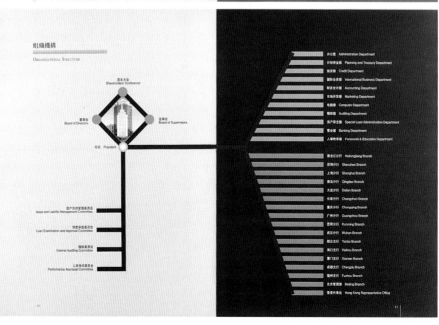

他又去客户那了…
He went to visit
the client again.

2、调动各种设计手段时，要敢为人先

　　通常的作法是将与客户交流的活动拍成多张照片，再与场景、实物组合成各种图案。我要求摄影师进行主题创意摄影："他又去客户那儿了"，"这里正研究客户项目的贷款问题"，具体而贴切，虽然看不见人，却留下丰富的想像余地，不落俗套；

A discussion of loan granting to the client's project is going on.
這裡正研究對客戶項目的貸款問題

严格信贷管理 优化资产质量

The Bank carried out "large-sized enterprise strategy" in 1997, which means a majority of funds is provided to large-sized state-owned enterprises, large-sized joint stock companies and multinational group enterprises in conformity with the state industrial policy. Total loan amount granted to large-sized enterprises in the year reaching RMB18.1 billion.

Meanwhile, the Bank tightened credit management. We strictly carried out such practices as separating loan granting from credit assessment and conducting business based on authorization and credit limit. Of the loan portfolio granted and matured in 1997, the loan collection ratio was 96.4%, interest collection ratio was 90.7%.

　　那么再进一步，大客户能不能真的当回"座上宾"，让他们的照片与行长们一样突出？用他们相对客观的评语来表明银行的优势？于是，国内第一次将投资入股的大客户（股东监事、国外银行股东）照片放在了年报中；

　　在印制手段上首家采用8个专色印刷年报，不用CMYK四色，高级而典雅，大大提升了年报档次和品味；

　　而领导班子照片则尽量体现具有客户至上观念的亲和力和现代领导人的风采。

　　开始我还担心银行内部接受不了，结果一出来反应非常好！

　　创新，永远是你领先别人的必要条件，尽管有时风险很大。

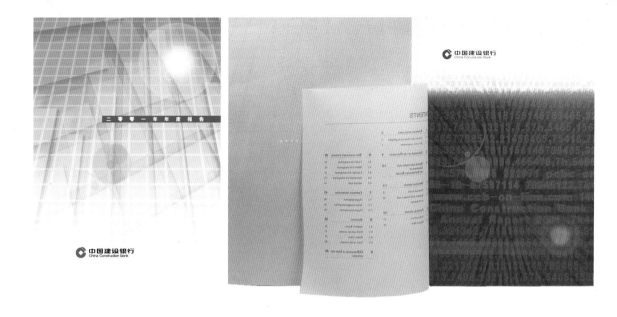

中国建设银行 2001 年年报

时间：2002 年
辅助：王恒（封面、插页）

主题 Theme：构架之光

凸显 Thrust：

"建设"是中国建设银行名称的核心，故选择体现建设
特征的抽象构架来表现现代、发展的银行形象，光晕则使
其更生动而富有活力。

为强化现代银行的感觉，增加了数字化视觉形象的扉
页和页码设计。

所有图表都保持建筑的立体感，插页则在封面构架和
光晕的要素上进一步予以丰富。

时间 Time：

按进程控制。

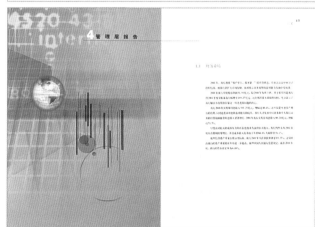

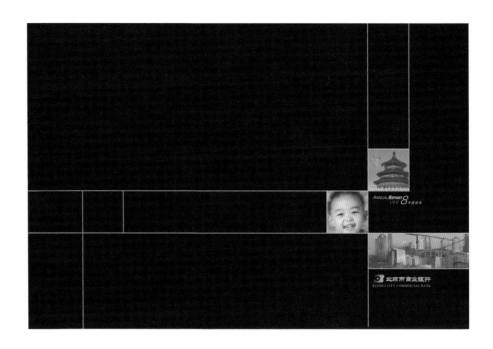

北京市商业银行 1998 年年报

时间　1999 年
辅助　杜光（摄影）

主题 Theme：市民银行

　　该行服务对象主要是北京市政建设、中小私企业和广大市民，提炼出〝北京人心中的银行〞的口号，并以此作为年报的主题。

凸显 Thrust：

　　为真正能凸显市民银行的主题，国内首次将真正的普通市民作为年报的主角：
四岁的小朋友，开了自己的帐户，并出现在年报封面上；
一个退休老职工，有了在商行的存款，心里很踏实；
一位下岗女工，得益于商行的再就业贷款，重新走上工作岗位；
民营企业老总，有了商行支持高新技术的贷款，正大展鸿图。
4 色加 4 个专色印刷，独特的镜面高光铜版纸，北京特色图片，烘托出完整而鲜活的〝市民银行〞主题。

时间 Time：

　　3 月 31 日首批年报交货。

1998 is the third year of BCCB operation. As the capital own bank, we take "Base upon the capital and serve the society" as our purpose, and building a bank of Beijing residents' own heart as our annotating goal, seeking development through reform, improvement through innovation. In the course of practice, BCCB has the courage to explore and enterprise with pep. Finance service function strengthened, as well as the operation and management level improved onwards.

REALIZE THE TRANSITION TO CITY COMMERCIAL BANK. According to the unit disposal of People's Bank of China, we have finished the transition from city mutual bank to city commercial bank. On June 6 we hold ceremonious renaming reception at the Great Hall of People Using, mayor committee deputy secretary and permanent deputy mayor of Beijing city, attended the reception and unveiled the brand writing our bank's new name.

During the three years of its establishment, under the proper leadership of People's Bank of China, the municipal party committee and the municipal government, BCCB, with the particular spirit of enterprising, developing and enterprising, have gained outstanding achievement and stepped on a road of continuous and healthy development.

STRENGTH OF FUND GROWS CONTINUOUSLY. BCCB, with setting up first-class joint stock commercial bank as our development goal and power of advancement, won the clients' trust depending on our credit worthiness, service, management, information and technology as well as all kinds of products. The scale of deposit expands on and on. By the end of this year, the balance of deposit amounted to RMB43.1 billion, an increase of RMB8.6 billion over the beginning of this year and RMB24.8 billion over the prime stage of our bank foundation; the total assets amounted to RMB68.8 billion, an increase of RMB25.1 billion over the prime stage of our bank foundation; the balance of credit loan amounted to RMB16.4 billion, an increase of RMB13.5 billion over the prime stage of our bank foundation and profit yield totaled to RMB0.86 billion. BCCB keeps good development tendency, showing the particular vigor and vitality of joint stock commercial bank. During the course of absorbing deposit, we do pay attention to strengthen the relationship

会 计 报 表
FINANCIAL STATEMENTS

资产负债表 Balance Sheet of BCCB

资产	ASSETS	1998
现金	Cash	21,927
存放中央银行款项	Due from Central Bank	346,217
存放同业款项	Due from Banks	302,949
拆放同业	Inter-bank Lending	103,371
短期贷款	Short-term Loans	737,916
买入返售证券	Security Bought Under Resale Agreement	206,830
中长期贷款	Medium & Long-term Loans	569,685
长期投资	Long-term Investment	1,092,811
资产总额	**TOTAL ASSETS**	**4,682,322**
负债及所有者权益	LIABILITIES AND OWNER' EQUITY	1998
负债合计	Total Liabilities	4,477,121
短期存款	Short-term Deposits	3,340,574
短期储蓄存款	Short-term Individual Deposits	340,729
同业存放款项	Due from Banks	135,993
长期存款	Long-term Deposits	119,999
长期储蓄存款	Long-term Individual Deposits	263,608
所有者权益合计	Total Equity	205,001
实收资本	Paid-in Capital	100,835
资本公积	Capital Surplus	691
盈余公积	Retained Earnings	50,024
未分配利润	Undistributed profits	53,452
负债及所有者权益合计	**TOTAL LIABILITIES AND EQUITY**	**4,682,322**

损益表 Profit & Loss Statement of BCCB

收入	INCOME	1998
利息收入	Interest Income	334,549
金融机构往来收入	Inter-bank Financing Income	102,374
手续费收入	Fees & Commissions	1,295
外汇买卖收入	Income from Foreign Exchange Business	116
其他营业收入	Miscellaneous Operating Income	145
投资收益	Return on Investment	76,199
营业外收入	Non-operating Income	3,646
收入总计	TOTAL	489,595
支出	EXPENSES	1998
利息支出	Interest Expenses	90,664
金融机构往来支出	Inter-bank Financing Expenses	134,541
手续费支出	Fees & Commissions	627
营业费用支出	Operating Expenses	66,470
其他营业支出	Miscellaneous Operating Expenses	612
营业税金	Taxes	72,169
营业外支出	Non-operating Expenses	642
支出总计	Total Expenses	321,213
利润总额	**TOTAL PROFIT**	**86,163**

第三 "T"：TIME —时间

为什么时间及流程控制成为三大要素之一？因为年报内容多，还要受会计师事务所提交报表时间的制约，时间可能是编制年报最凶猛的敌人。所以为每一步工作制定提供充分时间的精确计划，及时地调整，控制进程是必不可少的。

它包括双方的工作内容和时间进度：确定目标和整理相关数据，研究可能的主题，扩展主题思想，设计封面，图表制作，财务信息，财务精稿制作，排版与精稿打印，三校正稿，出片打样，印刷，包装，运输及验收以及包括上述内容的时间安排。等相关文本，准备纸样，摄影和插图，文案及翻译，报审预算并签订合同，排版与精稿制作、三校正稿

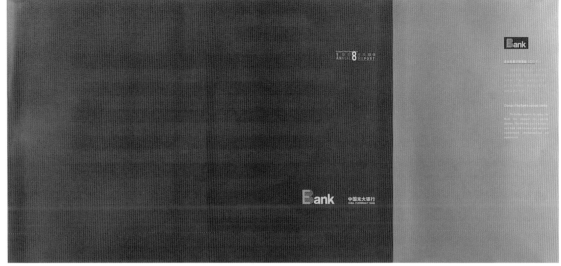

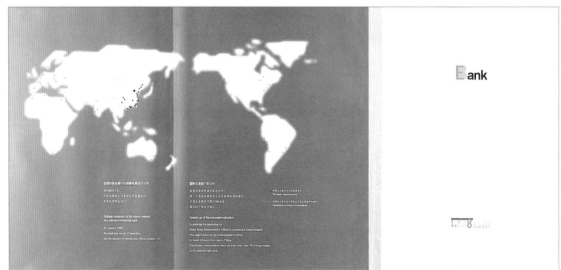

中国光大银行 1998 年年报

时间：1999 年

主题 Theme：管理年

面对亚洲金融危机，加强管理，完善机制，防范风险，稳中求进成为该行 1998 年工作的中心。

凸显 Thrust：

1998 年底，该行导入了全新的 CI 系统，确立了国际化、专业化的精品银行形象概念。年报用新标准色—光大紫统一起来，暖银保持了银行的稳定感；全部专色印刷，钱币纹装饰图案，延续了现代、典雅并略带古典的一贯设计风格；主题性插图强化了管理年的特点；独特的丁式装订使封面平整展开，更显该行开阔的战略发展视野。

时间 Time：

3 月 18 日财务报表最后定稿，首批年报在股东大会召开之前（3 月 27 日）送到。

行长 致辞

1998年，中国光大银行在1997年所达到的基础上，又一次取得了良好的经营业绩，加强完成了各项工作任务，实现了"加强管理、完善机制，防范风险，稳步发展"的经营目标。完善的内部…

行长 许斌

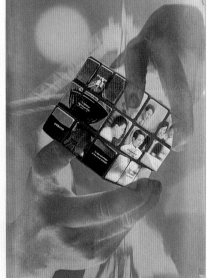

业务发展 Risks

各项业务平稳增长

积极开拓业务，支持国家经济发展

1998 has witnessed important achievements as well as unprecedented challenges in the history of China Everbright Bank. Although affected negatively by an unfavorable environment, all staff worked closely and hard to overcome difficulties and transacted satisfactory operational performance in pioneering new businesses, improving services, strengthening management, and enhancing human resources.

Stable development of businesses

On the basis of a high speed growth in 1997, the Bank realized a steady growth in 1998. By comparing the year-end with the year-begin, total loans reached RMB 74.7 billion, an increase of RMB 13.8 billion or 23%. All deposits amounted to RMB 49.9

	1998	1997
Buildings	30 years	
Motor vehicles	6 years	
Furniture, fixtures and equipment	5 years	

(e) Related companies

A related company is a company in which one or more of the directors or shareholders of the Bank have direct or indirect beneficial interests.

(f) Finance leases

Finance leases represent those leases under which substantially all the risks and rewards of ownership of assets, other than legal title, are transferred to the lessees.

Where the Bank is a lessee under finance leases, the amounts due under the leases, after deduction of unearned charges, are included in "Capital lease receivables". Finance charges receivable are recognised over periods of the leases in proportion to funds invested.

3. DEPOSITS WITH CENTRAL BANK

	1998	1997
Governmental deposit		112,510,000
Provisional deposit	12,625,906,422	7,142,876,021
	12,625,906,422	7,255,386,021

On March 21, 1998, the PBOC revised the deposit reserve policy. The general deposit reserve and provisional deposit reserve of financial institutions were combined to a provisional deposit, which should be maintained at 8% of deposit balance (previously 13%).

4. LOANS

Loans comprise:	1998	1997
Short-term loans	23,845,389,908	24,469,809,840
Medium and long-term loans	7,452,045,321	4,332,305,383
	31,297,434,229	28,602,115,223

Breakdown of loans by nature was as follows:	1998	1997
Loans to industrial enterprises	3,704,775,000	3,368,518,000
Loans to commercial enterprises	2,407,927,127	3,692,510,201
Loans to export trading enterprises	905,680,000	621,727,521
Loans to foreign-investment enterprises	1,638,568,101	1,535,573,301
Loans to other enterprises	16,665,319,778	12,722,415,299
	25,012,259,006	21,740,750,122

	1998	1997
Foreign currency loans	3,252,976,222	5,243,664,050
State foreign currency reserve loans	1,200,774,602	1,206,542,389

	1998	1997
Syndicated loans	1,696,608,411	244,962,147
Packing loans	38,793,666	100,872,016
Conversion loans from international financial institutions	154,183,092	65,724,499
Conversion loans from overseas trading enterprises	612,108,629	
	31,297,434,229	28,602,115,223

5. PROVISION FOR LOAN LOSSES

	1998	1997
Balance, beginning of year	191,991,011	104,849,500
Provision for the year	197,685,569	87,141,511
Balance, end of year	389,676,580	191,991,011

As of December 31, 1998, the Bank's management estimated that the actual bad loans amounted to RMB308,212,200, representing 0.8% of total loans at the end of the year. As the actual bad loans were less than 1% of loan balance at the end of the year, no additional provision for bad loans has been made.

6. LONG-TERM INVESTMENTS

	1998	1997
Investments in bonds		
- government bonds	3,046,605,620	1,431,411,713
- financial bonds	2,505,843,000	1,637,527,000
	5,552,448,620	3,068,938,713
Long-term investment interest	242,217,570	71,857,703
Other long-term investments	191,710,436	94,601,193
	5,996,376,926	3,235,147,609
Current portion of long-term investments (included in current assets)	(514,314,100)	(279,739,000)
	5,482,062,826	2,955,408,609

Investments in bonds are summarized by remaining maturity as follows:	1998	1997
- within 1 year	514,314,100	279,739,000
- between 1 and 5 years	3,076,488,400	2,039,780,000
- over 5 years	1,961,646,120	749,400,650
	5,552,448,620	3,068,938,713

北京市商业银行 2001 年年报

时间：2002 年
辅助：杜光（摄影）

主题 Theme：心贴心

　　"北京人心中的银行"是该行的口号，将重点浓缩在"心"上，展开为心系北京发展、心向北京企业、心贴北京百姓服务，体现对北京市政建设、中小私企业和广大市民心贴心的服务。

凸显 Thrust：

　　用三个主题插页形象地表达了年报主题。为加强这一印象，商行领导的照片都拍摄得更贴近读者。标题也都用了弧线装饰，加强亲和力。配上北京特色的照片，进一步体现"北京"银行。

时间 Time：

　　按计划完成。

北京市商业银行 2002 年年报

时间：2003 年

辅助：王恒（版式）

主题 Theme： 新北京　新商行

凸显 Thrust：

　　在传统色彩上加入新元素

时间 Time：

　　在"非典"到来之前就已完成

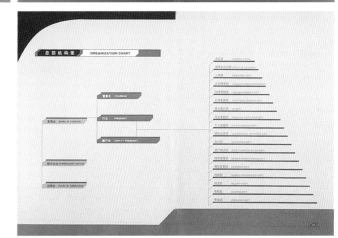

你对自己的作品再得意，但决定其生死的永远是客户。把客户设想成比你更强的大师，有助于甩掉自己的平庸成见："这作品之所以没被选中，是客户水平不高。"

客户就像在商店里买衣服的女人，可能不会设计、制作服装，但她会挑三拣四。

▲ 坦言失败

某银行年报设计方案

1、有创意，并不一定合意

和助手一商量，我们即别出心裁地用数学中的数字、运算方式展现该银行的地位及发展，令人一目了然，印象深刻。

为了强化效果，还特别用密集的圆孔突出数字和运算方式，配以画龙点睛的语言，视觉效果很不错，不落俗套。

结果呢？

零，被枪毙了。

肯定："很有创意！"

否定："不了解金融。银行怎么能千疮百孔、漏洞百出？！"

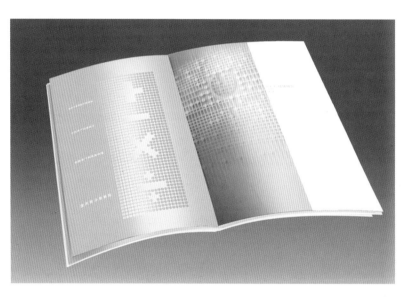

2、要因人而异，把握突破的尺度

其实，几年前在给某财务公司设计宣传册时就遇到这种疑问，那次我在封面设计了三个长条孔，客户也提出了相同的问题，我机智地解释为象征资金的流动，"流动才能生财"。客户也接受了。

这次洞多得已使我将其看作一种装饰面，而不认为是洞了，忽视了这个行业的相对保守性。虽然挺漂亮、挺有特点，但太漏了，人家不敢穿这件时髦的衣裳。

3、不断修正自己

商业设计不能突破三维创意方法中的限定条件圈，不能因为是自己得意的作品，就强加给客户。不过，当创新和适度这两方面把握得越得体，作品被客户采用的机率就会越高。

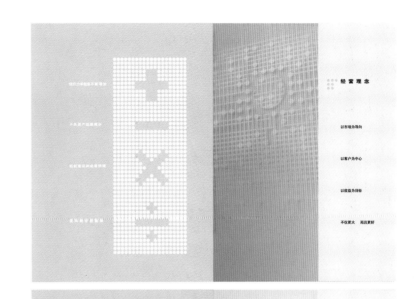

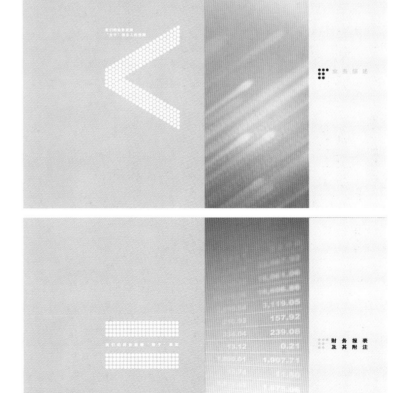

没 有

我喜欢把每个不同的样宣及其他（如小册子、挂历、台历以及包装等）的设计，比作不同的造型：方的、圆的、三角的、多边型的……没有特定的风格，没有特定的模式，只有每个设计对象的独特性。

针对不同的客户，不同的题材，其本身就应有不同的个性及与之相应的风格。设计师的工作是去发现，去创造最合适的设计。

样宣及其他
设计空间

相　　　同　　　只　　　有　　　独　　　特

为别人 "造" 个 "孩子"

每个设计个案都像一个新生儿,而设计师的手是 "上帝之手"。你要根据他父母 (企业的基本形态) 的长像,设计新的样子。如果是同一客户的不同样宣,要考虑其家族性;如果是不同客户,则相互区别要明显:白人、黑人,甚至可以是蓝人,因为你有 "上帝之手"。

要记得及时给孩子起个名字,如 "××篇",这样能使你概念明确,从一开始就抓住特征,区别其他。

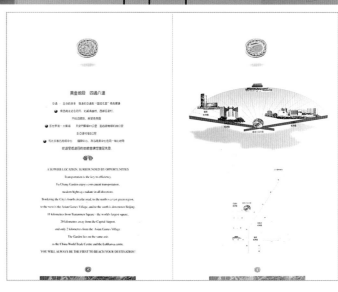

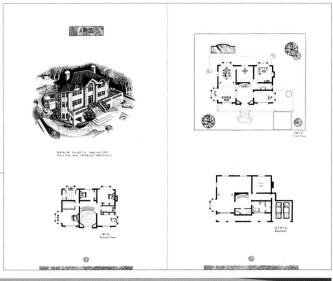

富成花园售楼书

时间：1995 年

奖项：1995 年中国广告金箭奖铜奖（样宣类第一名）

辅助：崔士红（版式）

主题名称：宝石篇

开本：正 8 开

护神宣传册

时间：1998 年
主题名称：静物篇
开本：大 16 开

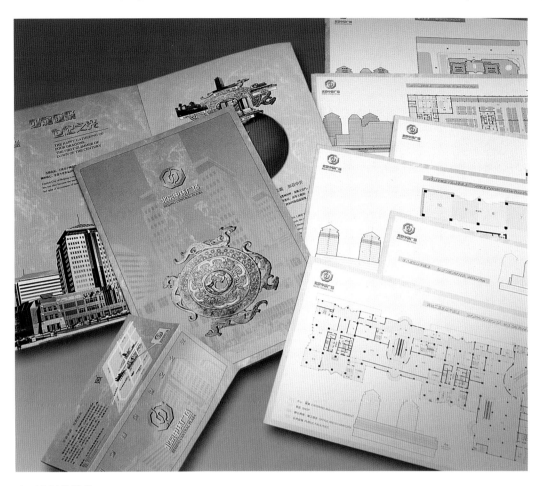

中环广场售楼书

时间：1997 年
主题名称：环龙篇
开本：8 开

捷达运输公司宣传册

时间：1997 年
主题名称：标志篇
开本：长 4 开折页

These are all your "bottom-line soldiers"

Soldiers in international chess are but small solders. But: once it reaches the bottom-line, it becomes "cartridge", "elephant", "horse", even the "queen", powerful and menacing. We provide you a coordinated process of comprehensive service in advertisement: from market survey, planning, zeroing to intermediary agency and result supervision; from domestic and external exhibitions, organizing delegations to study abroad to public relations, etc. exercising to the utmost the comprehensive benefits in advertisement and creating an invincible "bottom-line regiment".

世界不再大于棋盘

The world is no bigger than a chess-board

The speedy development of Chinese economy benefited from the policy of opening to the outside world. But still, for many domestic enterprises, to step outside China is just like "traveling in Sichuan, so difficult as to up to the heaven". We enjoy obvious advantages in the international arena, arranging business visits, talks and studies abroad, organizing exhibitions in China, thousands of enterprises benefited from our services. It is from here that the world becomes a chess-board, ready to play at your disposal.

这样更稳些

Thus, it'll be more steady in the development

Today, multi-orientation and grouping have become development models for large and medium enterprises, for they understand more support, more steady. We have also made full use of our professional advantages. Parallel with the development of our advertising business, promoted import and export trade, organized domestic and external training courses and set up enterprise connect, has laying down a sound foundation for the further development of the advertising business of our Corp.

中国国际广告公司宣传册

时间：1994 年
主题名称：国际象棋篇
开本：大 16 开

中国光大银行总行营业部十周年宣传册

时间：2002 年

主题名称：光芒篇

开本：大 16 开

中国东方霓裳艺术表演团宣传册

时间：1993 年

主题名称：折扇篇

开本：12 开

北京冰火写意广告有限公司宣传册

时间：2001 年
主题名称：红蓝篇
开本：大 24 开

中国光大集团

China Everbright Group

银行业
BANKING

保险业
INSURANCE

上市公司
LISTED COMPANIES

中国光大控股有限公司

China Everbright Limited

证券业
SECURITIES BUSINESS

中国光大集团宣传册

时间　2001 年
主题名称　钱币篇
开本　超大 16 开

中 纳 万 千 　 鸣 天 下

中信文化宣传册

时间：2003 年
主题名称：钟鸣天下篇
开本：大 12 开

黄 钟 大 吕 　 传 八 方

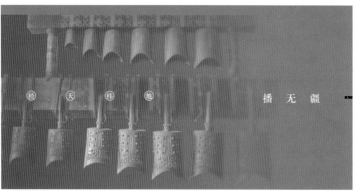

经 天 纬 地 　 播 无 疆

We are establishing a brand
new business model of cultural and
sports industry,
presenting high quality Chinese cultural and sports
products to the world.
Offering Chinese people a channel of
information simultaneously
with the rest of the world,
we will build this company as
China's most powerful one
in cultural and sports industry.

建立全新的文化体育产业模式
为世界布施代表中国文化、体育最高水平的精神产品
为国人提供全球同步的信息传播渠道
将我们打造成
中国最具影响力的文化体育产业集团!

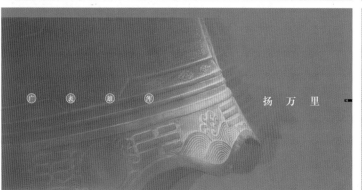

广 袤 雄 浑 　 扬 万 里

中旅集团产品

时间：1992 年
主题名称：**中国篇**
开本：**大 16 开**

蚀城

时间：1999 年
主题名称：月蚀篇
作者：**刘晓村**
出版：**作家出版社**
开本：**大 32 开**

尝试运用不同的语言、词汇

设计的方法、手段就像语言，词汇一样，极其丰富多彩。但不幸的是我们往往往习惯讲一种语言，运用常用的语汇。好的方法是多看别人好的作品，学一点点用一点。就像学外语一样，学了不用等于没学。

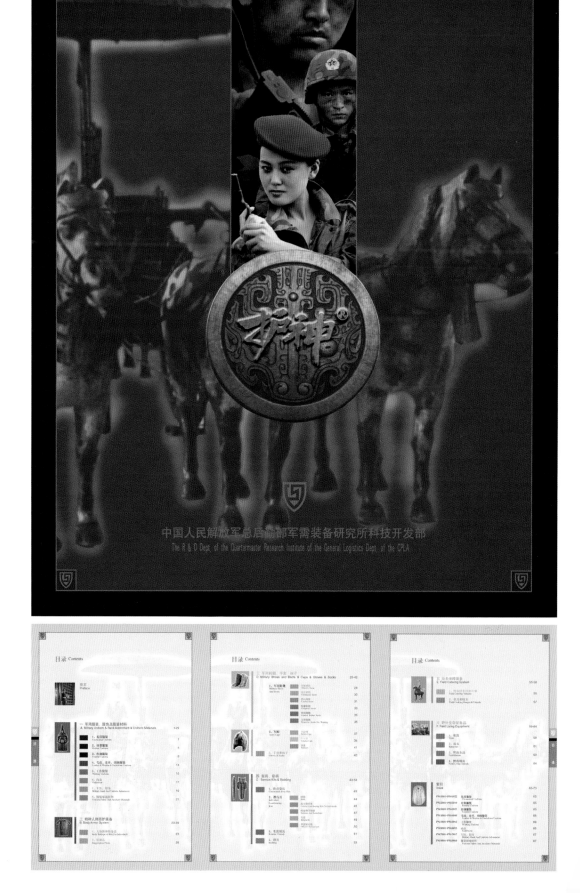

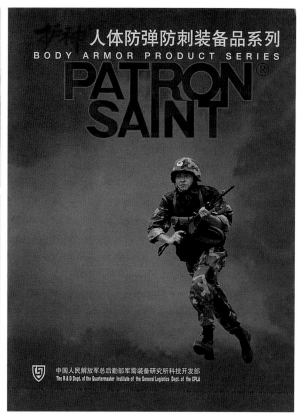

护神产品样本录

时间：1995 年
主题名称：战斗篇
辅助：周宏（策划）、杜光（摄影）
开本：大 16 开

护神产品样本

时间：1996 年
主题名称：甲胄篇
辅助：周宏（策划）、杜光（摄影）
开本：大 16 开

千年古都，博大精深；
一个新世纪的宏图，
正跃然而起…

Thousand-year old capital,
grand and magnificent;
A great plan of the new century
is born here.

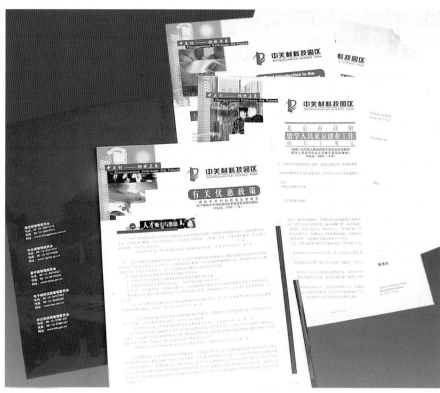

中关村科技园区政策宣传夹

时间: 2000 年
主题名称: 大厦篇
开本: 大 16 开

中关村科技园区宣传册

时间: 1999 年～2001 年
主题名称: 明月篇
开本: 大 16 开

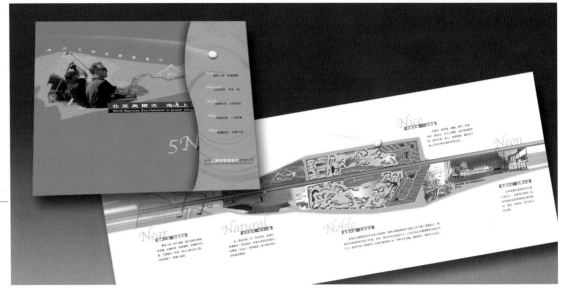

江畔高尔夫度假村宣传册

时间：2003 年

主题名称：高尔夫篇

开本：大 16 开

鸿运售楼书

时间：1994 年

主题名称：写意篇

开本：大 16 开

中国光大银行增资扩股宣传册

时间：2000 年
主题名称：大字篇
开本：大 16 开

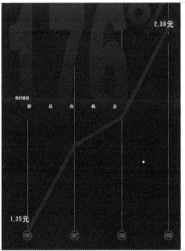

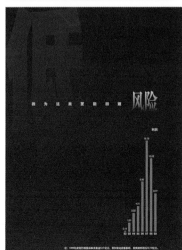

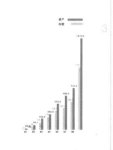

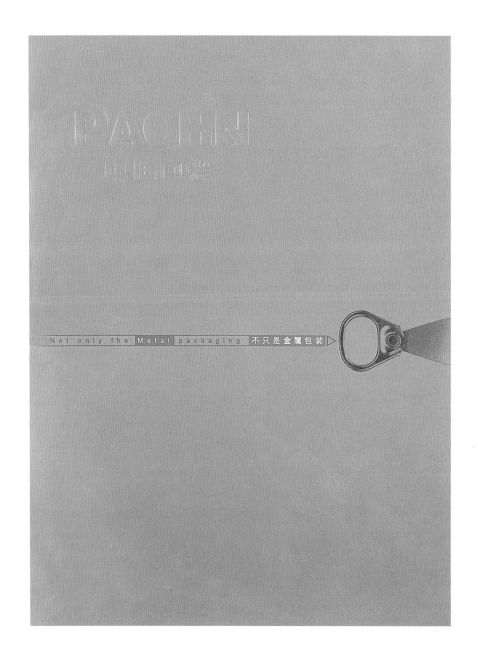

▲ 经典案例揭秘

中国包装总公司宣传册

时间：2002 年
主题名称：包装材料篇
开本：大 16 开

1、"手"高源自"眼"高

"手"是技巧，虽然重要，毕竟只是执行能力问题。大师和名匠都可以是高手。

中包总公司原是一个带有政府职能色彩的大型国有公司，比较保守。现在进行战略转型，应该有新意。何况包装行业是平面设计高手云集的地方，怎样才能更胜一筹呢？

在设计前，我花了很长时间在思考：到底用什么方式表现。返璞归真的后现代设计方式用在由保守向创新转变的公司上，不是可以注入一股活力吗？

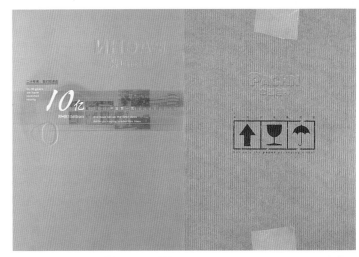

2、"眼"高需要"手"高来体现

原考虑封面直接就用金属或金属感强的纸张，纸箱用高级瓦楞纸，材料干脆就在塑料上丝网印，但考虑到客户对费用的承受能力，只好用设计来弥补了，效果不是很到位，好在意思到了。开始还担心连纸包装箱上的不干胶都用上了，客户会反对，不料客户看了很满意。

3、借"手"出重拳

设计是旧元素新组合。元素可以抄袭，新组合是关键。其实金属包装纸、塑料别人都用过，你可以借鉴别人的"手"，然后根据个案的特点，重新设计组合，就会创造出新的设计来。

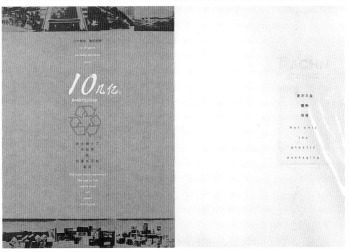

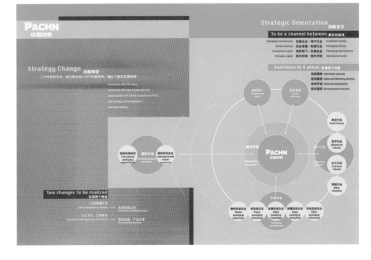

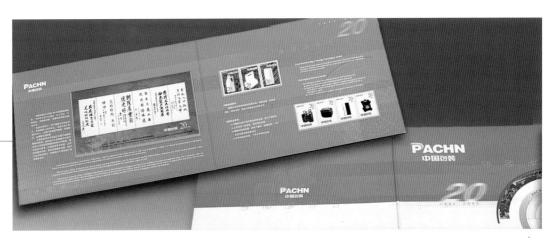

中国包装总公司邮票夹

时间：2002 年
主题名称：绿色包装篇
开本：大 16 开

护神 1998 挂历

时间：1997 年
主题名称：阅兵篇
辅助：周宏（策划）
开本：对开

护神帐篷样本

时间：1998 年

主题名称：崇山篇

辅助：周宏（策划）、杜光（摄影）

开本：大 16 开

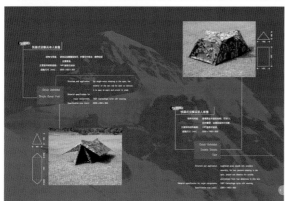

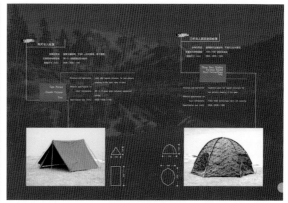

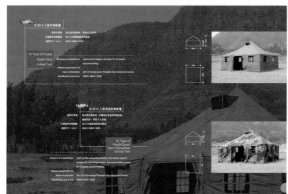

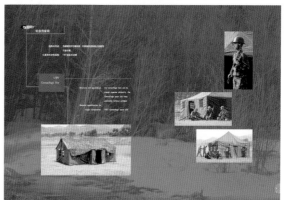

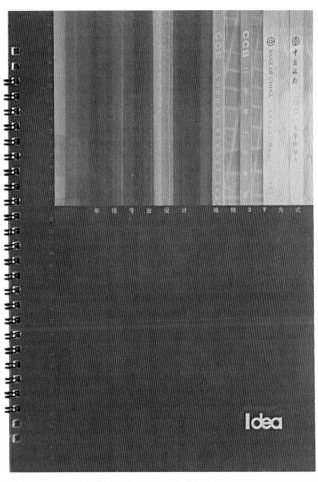

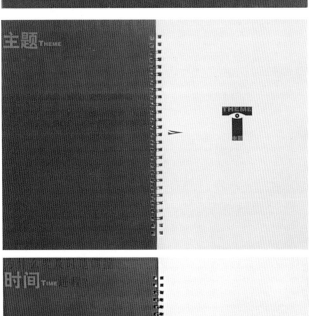

冰火写意年报设计宣传册

时间: 2002 年
主题名称: "3T" 篇
开本: 大 32 开

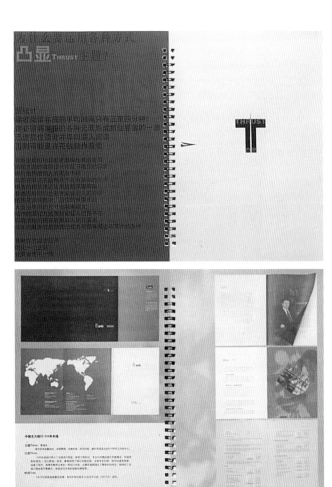

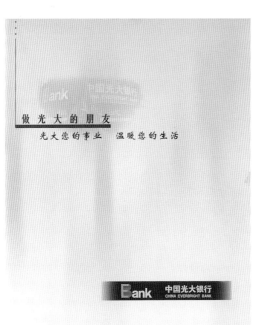

做 光 大 的 朋 友

光大您的事业　温暖您的生活

Bank 中国光大银行
CHINA EVERBRIGHT BANK

分行推介

北 京

中国光大银行营业部

中国光大银行产品宣传册

时间：2000 年
主题名称：**异形篇**
开本：大 16 开

万信售楼书

时间：1998 年
主题名称：水篇
开本：大 16 开

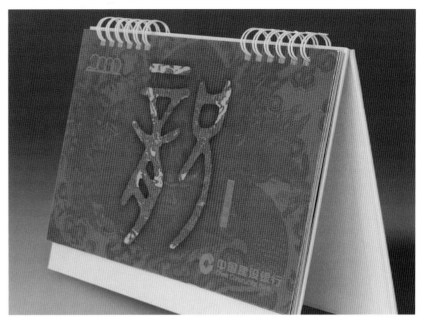

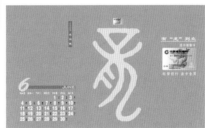

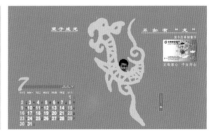

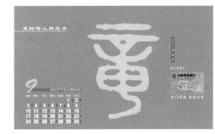

中国建设银行 2000 年台历

时间：1999 年

主题名称：龙字篇、科技篇

开本：大 32 开

安泰健康国际俱乐部宣传册

时间: 1995 年
主题名称: 家篇
开本: 大 16 开

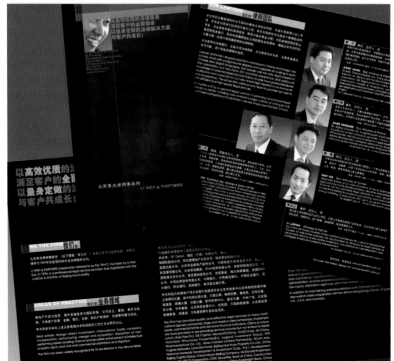

李文律师事务所宣传册

时间: 2003 年
主题名称: 一点红篇
开本: 大 8 开折页

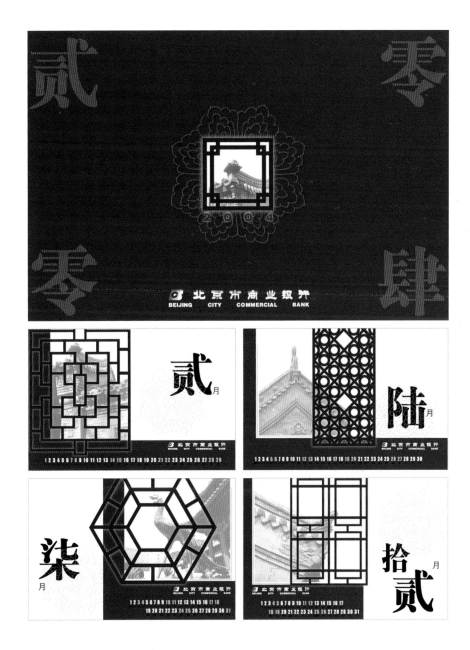

北京市商业银行 2004 年台历

时间：2003 年
主题名称：**窗篇**
辅助：王恒（版式）
开本：大 32 开

创意的敌人也是自己

因为自己很容易形成习惯性的设计表现手法，偏好某种构图方式、色彩调子，即所谓风格，所以要刻意地从自己的风格习惯中走出来。要敢于否定自己。对设计出的若干方案——

第一关：自己先找出否定的理由；

第二关：看看与自己类似的人是否喜欢。

自己逼自己设计更好的。

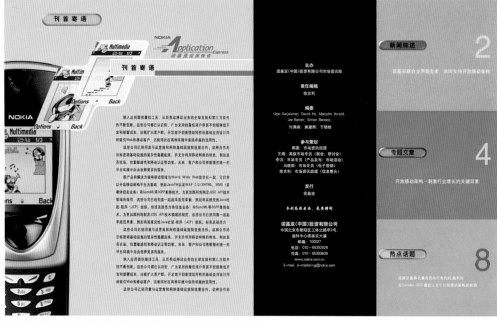

诺基亚快讯

时间：2002 年
主题名称：七彩篇
辅助：吕骥（版式）
开本：大 24 开

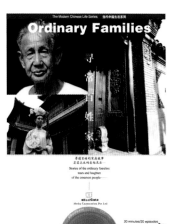

易红门产品宣传册

时间：2002 年
主题名称：镜头篇
辅助：王恒（版式）
开本：大 16 开

总后勤部军需装备研究所科技开发部赠

2 — 1 2 3 4 5 6 7 8 9 10 11 12 13 14 15 16 17 18 19 20 21 22 23 24 25 26 27 28

总后勤部军需装备研究所科技开发部赠

4 — 1 2 3 4 5 6 7 8 9 10 11 12 13 14 15 16 17 18 19 20 21 22 23 24 25 26 27 28 29 30

护神 1999 挂历

时间　1998 年
主题名称　抗洪篇
辅助　周宏（策划）
开本　大 4 开

总后勤部军需装备研究所科技开发部赠

9 — 1 2 3 4 5 6 7 8 9 10 11 12 13 14 15 16 17 18 19 20 21 22 23 24 25 26 27 28 29 30

中国光大银行宣传折页

时间: 1999 年
主题名称: 阳光篇系列
　　　　　帆形篇系列
　　　　　弧形篇系列
辅助: 梁莉莉（版式）
开本: 大 16 开折页
　　　大 32 开

中国光大银行十周年纪念册设计

时间: 2002 年
主题名称: 木盒篇、钱币篇
开本: 大 24 开

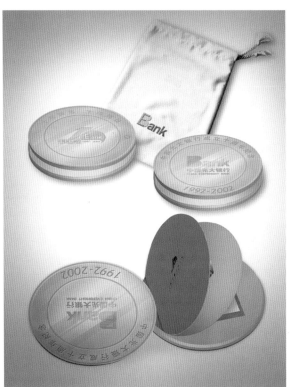

岚山酒包装

时间：2003 年
辅助：刘阳（盒造型）
主题名称：水纹篇

花语清酒包装

时间：2003 年
主题名称：樱花篇、清澈篇

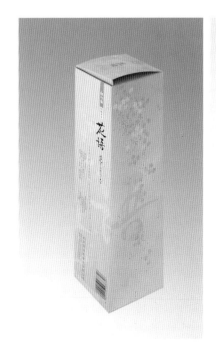

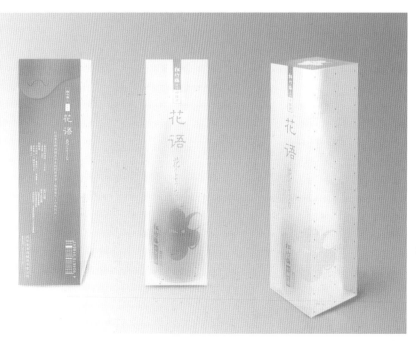

整体策划：北京淞泉文化传播有限公司

Email:guanfeng@public3.bta.net.cn

装帧设计：北京冰火写意广告有限公司

Email:ifidea@yahoo.com.cn

制作：梁莉莉 陈燕

摄影：贾永仓